*Tú quédate conmigo...
yo me encargo de que*
**MEREZCA
LA PENA**

BEATRIZ RICO

Tú quédate conmigo... yo me encargo de que MEREZCA LA PENA

Cualquier forma de reproducción, distribución, comunicación pública o transformación de esta obra solo puede ser realizada con la autorización de sus titulares, salvo excepción prevista por la ley. Diríjase a CEDRO si necesita reproducir algún fragmento de esta obra.
www.conlicencia.com - Tels.: 91 702 19 70 / 93 272 04 47

Editado por HarperCollins Ibérica, S. A.
Avenida de Burgos, 8B - Planta 18
28036 Madrid

Tú quédate conmigo... yo me encargo de que merezca la pena
2023 Beatriz Rico
© 2023, para esta edición HarperCollins Ibérica, S. A.

Todos los derechos están reservados, incluidos los de reproducción total o parcial en cualquier formato o soporte.
Esta es una obra de ficción. Nombres, caracteres, lugares y situaciones son producto de la imaginación del autor o son utilizados ficticiamente, y cualquier parecido con personas, vivas o muertas, establecimientos comerciales, hechos o situaciones son pura coincidencia.

Diseño de cubierta: CalderónSTUDIO®
Imágenes de cubierta: Shutterstock

ISBN: 978-84-18976-41-4
Depósito legal: M-27178-2022

Índice

Capítulo I: Querer es poder 13
Capítulo II: Soy un ciervo 19
Capítulo III: Yoga, aceptación y un poquito de eco 27
Capítulo IV: *Satisf... action* 35
Capítulo V: Me sube la bilirrubina 43
Capítulo VI: Mis zonas erróneas 51
Capítulo VII: Mesalina no es solo una canción 61
Capítulo VIII: Soy una delincuente. ¡Vivan las fuerzas del orden! 71
Capítulo IX: Qué bien que siempre haya un roto para un descosido 79
Capítulo X: En ocasiones me hago trenzas 87
Capítulo XI: Salva el mundo, a las ballenas y tu propio culo 93
Capítulo XII: Soy Juana de Arco con vaqueros de tiro alto.. 103
Capítulo XIII: Esto es un no parar 113
Capítulo XIV: El plató, la espía y la extraña cena 121
Capítulo XV: Por qué lo llaman sexo cuando quieren decir esto 131
Capítulo XVI: En ocasiones llevo cajas 141
Capítulo XVII: Pon una espía en tu vida 149
Capítulo XVIII: Veo, veo 159

Capítulo XIX: Como las maracas de Machín 169
Capítulo XX: Encaje de bolillos 175
Capítulo XXI: Conmigo, quien quiera.
  Contra Maricarmen, quien pueda 183
Capítulo XXII: Contra los celos, eso 197
Capítulo XXIII: Soy modelo 209
Capítulo XXIV: Gracias por venir 219

EPÍLOGO 231

AGRADECIMIENTOS 235

Esta novela es ficción. Cualquier parecido con la realidad, pues, oye, a ver si va a ser que sí.

Al señor que, la semana pasada, no me pitó cuando
entré en una rotonda saltándome el ceda,
porque gente como él mejora el mundo.
«Siempre he confiado en la bondad de los desconocidos».

Con cariño y amor infinito a todos los que ni compraron ni
leyeron *De miss a más sin pasar por Albacete,*
porque gente leyendo esto significa que este sí, este cae.
Gracias a todos ellos.

Capítulo I

Querer es poder

Yo es que de pequeñita ya quería cantar y bailar, pero no en mi casa, sino con público y todo. No sabía quién era Concha Velasco, pero bien que repetía eso de «Mamá, quiero ser artista». Todos los niños del cole, hasta mi mejor amiga, que era una rubia guapísima de pelo rizado y ojos azules que se llamaba Maricruz Galán, querían ser enfermeras, azafatas o profesores.

—¿Y tú, Elvirita?

—Yo, artista.

Y coronaba el *artista* con un doble taconeo en el suelo, tac, tac, mientras abría mucho los ojos para ver si había convencido al que tenía delante de mis dotes, mi vocación y mis ganas de faranduleo.

Ay, quién me iba a decir a mí que iba a acabar con la banda de Miss Albacete puesta. ¡Qué digo! Miss Albacete y un año después Miss España. Agradecí mucho no pasar con las finalistas de Miss Mundo, que yo ya quería parar de tanto desfile, tacón y hambre, porque pasaba mucha hambre.

Lo de Miss España me valdría para buscarme la vida. Con una banda, una coronita tan mona y siendo un poco espabilada, ya me buscaría yo las castañas y ya las sacaría luego del fuego.

Bueno, que yo de cría quería ser artista y punto. Le cogía el bote de laca Nelly a Asunción, mi madre, me ponía delante del espejo sosteniéndolo (el bote, no el espejo) como si fuera un micrófono, me subía la falda hasta que casi no se veía y rodaba por el suelo haciendo el *playback* de *Fire and Ice*, de Pat Benatar.

Mi madre, la pobre, miraba aquellos revolcones y las caras que yo ponía como con asco-miedo-pena, así que decidió derivar mi vocación hacia otros lados, a ver si así estábamos contentas las dos. Asunción fue, sin saberlo, una de las precursoras del budismo; te lo digo porque siempre intentaba encontrar el punto medio.

—Escucha, Elvirita, tú quieres cantar y que te vea la gente. ¿Y aquí quién te ve? Nadie. Bueno, yo, y de vez en cuando tu tía Conchi y la prima Rosaura, nada más.

—Ya, mamá. Es que Albacete no es Hollywood.

—No, pero tenemos una parroquia que cada domingo se llena de gente. Ya me dirás tú si ahí te van a ver o no —me dijo guiñándome el ojo, toda cómplice ella.

Así que nos acercamos a la iglesia de nuestro barrio un viernes por la tarde que hacía un frío del copón (bendito); dentro también. En los bancos estaban un par de señoras vestidas de negro, rosario va rosario viene, moviendo los labios muy deprisa. Siempre me he preguntado si a esa velocidad se puede rezar algo, o simplemente abren y cierran la boca para que parezca que hacen, pero sin hacer. El cura estaba cerrando un libro en el atril del altar y mi madre me cogió de la mano muy resuelta. Sobrepasamos a las señoras del rosario y yo me quedé hipnotizada con la cabeza girada mirando esas bocas tan rápidas, y a la vez imitándolas para ver si podía alcanzar esa misma velocidad.

—Elvira, por favor. Mira *palante* y pórtate bien. Hola, don Anselmo —dijo muy bajito—, ¿podemos pasar a la sacristía y le comento una cosita?

—Claro, mujer. Elvirita, guapa, ¿qué tal? —Y me pellizcó un moflete con los nudillos.

Una vez en la sacristía, don Anselmo me dio un catecismo para que le echara un ojo «mientras hablo con tu madre». Nunca entendí muy bien el razonamiento ese de los adultos de que hablan a tu lado a nivel ambiente y se piensan que no te enteras si te dan algo para hacer. A ver, que tenemos dos hemisferios, señores. Y si eres crío y te interesa, yo creo que podemos llegar a desarrollar hasta siete o más.

Mientras pasaba páginas del catecismo con el mismo interés del que oye llover, podía sentir cómo mi oreja derecha se hacía cada vez más grande para escuchar lo que le iba a decir mi madre al cura de la parroquia.

—Tú dirás, Asunción.

—Pues verá, que la niña quiere cantar, es su ilusión. —Me puse supercontenta—. Está todo el día cantando en casa y quiere ser artista. —La sonrisa ya se me salía de la cara. Por fin iban a buscar una salida rentable a mis dotes. España, tiembla, que llega la nueva Marisol, pero en moreno—. El caso es que la pobre canta fatal. —¿Eh?—. Hasta con la flauta ha intentado mi marido ayudarla a ver si entona una nota bien, pero nada, ni «en la granja de Pepito, ía, ía, oooh». Cada vez que llega *granja* y *oooh,* apetece emigrar con tal de no escucharlo. Y digo yo, don Anselmo, pensando en su caridad cristiana y para que la chiquilla esté contenta, ¿no la puede usted meter en el coro para que, al menos, le dé un poco al triángulo y a ver si así se desahoga la chica y se le va quitando de la cabeza la cosa del artisteo? Porque estoy viendo que, o paramos esto ya, o la caída y el golpe van a ser monumentales, don Anselmo, monumentales.

Oye, dicho y hecho. Don Anselmo abrió un armarito y sacó un triángulo de metal y un palito, les pasó un paño para quitar el polvo y enseguida relucieron. Se acercó a mí, se agachó y me dijo:

—Elvirita, este instrumento musical lleva mucho tiempo guardado esperando que alguien sepa tocarlo. ¿Te atreverías a hacerlo tú?

—Hombre, claro. —Se me cayó el coletero de tanto asentir con la cabeza.

Estaba cabreada como una mona. Le iba a demostrar a mi madre, a don Anselmo, a los que iban a misa y a Albacete entero que a mí, a ritmo, no me ganaba nadie.

La cosa era muy sencilla: cuando el coro cantaba «He dejado mi barcaaa», yo le daba un chin al triángulo. El chin resonaba y hacía un efecto muy chulo. Después llegaba «Junto a ti, buscaré otro maaar». En *maaar,* otro chin. Yo esperaba superconcentrada, ahí con el chin a punto, no fuera a ser que se me pasara.

Uno de esos domingos, una señora se acercó al acabar la misa, preguntó por la niña del triángulo y me dio cinco duros. O sea, que se me daba bien lo del chin con resonancia.

Lo cogí con tantas ganas y esmero que, al mes, don Anselmo ya me había ascendido: me había dado la pandereta. En el «Yo tengo un gozo en el alma… ¡GRANDE!», ahí daba yo el panderetazo a la vez que me unía al coro de voces de ¡GRANDE!

Mi madre me miraba desde el primer banco un poco alucinada. Yo la saludaba, le guiñaba un ojo y le dedicaba los ¡GRANDE! a ritmo de panderetazo y taconazo (uno) del pie derecho.

Si siempre me lo decía ella con las mates: «Querer es poder». Pues yo quería, o sea que podía.

Un mes más tarde, después de dejarme las orejas para coger bien cogidos los tonos del coro, ya estaba yo allí cantando como una más.

Recuerdo el primer día que mi madre me vio con las manitas a la espalda, abriendo mucho la boca, como nos decía don Anselmo, y cantando *Alabaré*. En cada «alabaré» yo chasqueaba pitos con los dedos de la mano derecha y daba un golpe de cadera. «Alabaré». Pitos y golpe de cadera. «Alabaré». Pitos y golpe de cadera. «Alabaré». Pitos y golpe de cadera. «Alabaré». Pitos y golpe de cadera. «Alabaré a mi señor». Rotación entera de cadera haciendo un círculo como en «¡Eeeh, Macarena, aaaay!». Don Anselmo me hacía señas por lo bajini con la mano para que frenara un poco el entusiasmo y yo frenaba, pero era volver el estribillo tan animado del *Alabaré* y se me olvidaba lo de contenerme y aquello era ya toda yo convertida en un jolgorio de pitos, caderazos, chasquidos, rotaciones y algún golpe de melena.

Mi madre sonreía y se tapaba la boca. Yo la saludaba y, desde el coro, le hacía la señal de la victoria con los dedos. Mi madre, en lo de «Te rogamos, óyenos», no pudo más. Le entró la risa floja y salió de la iglesia.

Al acabar, yo no sabía si estaba enfadada o no, así que la busqué al salir, la cogí de la mano y la miré fijamente a la cara:

—Anda, qué jodía, aquí tenemos a la Caballé. —Parecía muy orgullosa.

—Querer es poder, mami —le contesté orgullosa también mientras caminábamos hacia casa.

No me preguntes cómo de ahí, de la pandereta y el triángulo con mis diez añitos, llegué a lo de Miss Albacete, porque todavía, por más que lo pienso, no lo ubico muy bien.

Supongo que una cosa llevó a la otra. Y ser mona y simpática («es que Elvirita es muy graciosa», decían siempre) también tuvo que ver.

Pues si querer es poder, quiero pasar de Miss Albacete a Miss España. Y de ahí a vivir en Madrid, trabajar poco, ganar mucho y ponerme tetas.

Cuestión de fe, don Anselmo. Que creer también es poder.
Oye, dicho y hecho.
Amén.

Capítulo II

Soy un ciervo

Bruno acaba de llegar del cole y estoy teniendo con él una conversación absurda, pero absurda, absurda. Eso sí, empezó él:

—Mi nombre es una mierda.

—¿Qué dices, cariño?

—Sí, todos mis amigos tienen nombres respetables. Cuando sean mayores les podrán poner *don* delante y pega perfectamente. ¿Pero yo? ¿Adónde voy yo llamándome don Bruno? ¿No ves que no pega? Es ridículo. ¿Quién me va a tomar en serio? Jamás llegaré a ser jefe de nadie.

—Bueno, eso es una tontería.

—Ni tontería ni tonterío. —Ole, mi niño, qué rápido aprende—. Tú eres Elvira y vas de Rita porque pega *doña* delante de los dos nombres, pero yo estoy condenado a ser peluquero, ornitólogo o científico.

—Pues oye, ser científico es algo muy import...

—¡Que no! —me corta—. Ya me dirás tú qué importancia tienen los científicos, que aquí se van todos a trabajar fuera y los que descubrieron el antídoto del coronavirus cobraban mil doscientos euros al mes. Netos.

No sé, un niño de diez años yo creo que no debería hablar así, además me está ganando por la mano. Tengo que cambiar de estrategia, para algo soy su madre y tengo treinta y cinco años. Bueno, cuarenta y dos, qué más da. Los cuarenta y dos son los nuevos veintisiete.

—Es que yo sí veo un *don* delante de Bruno. «Don Bruno, por favor, fírmeme esto», «Don Bruno, si es tan amable de acompañarnos», «Don»...

—¡Cállate! —Se tapa las orejas con las manos, como si le dolieran—. Queda horrible. No pega. El único *don* que voy a ser es don Nadie. Y siempre será culpa tuya. Bueno, y de papá. Este fin de semana viene, ¿verdad? —Asiento como pidiendo perdón y asumiendo mi parte de culpa en la mierda de nombre que le pusimos—. Muy bien, pues él también va a tener que dar explicaciones de este desastre. No le puedes joder la vida a un hijo y quedarte tan tranquilo. —Se está poniendo rojo bermellón.

—¡Oye! ¡Cuidado con esa lengua!

—¡Me da igual! —Ahora empieza a llorar. Quiere aguantarse las lágrimas y el gesto se transforma en un amago de pucherito delicioso—. ¡Estoy deseando cumplir dieciocho para cambiarme el nombre y llamarme algo normal, como Antonio, Carlos o Avelino!

—¿Avelino?

—En el pueblo de tía Conchi, el alcalde se llama Avelino y todo el mundo le llama don Avelino.

Empieza a caminar hacia su habitación. No puede mover más los brazos de indignación, porque entonces se desmontaría y yo no tendría un niño, tendría a Mr. Potato.

—Bruno suena muy bien —digo con tono de disculpa—, podía haber sido peor.

Se gira.

—Sí, claro. Podías haberme llamado Iñaki Urdangarín.

¿De dónde saca este crío estas cosas? Alucino.

Le voy a contestar, pero, como no sé qué decirle, aprovecha para meter la última cuña.

—Mira a ver, igual todavía estás a tiempo.

¡PUM! Portazo.

Mejor dejarlo cuando está así. Es que ha sacado el mal carácter de su padre, eso es un hecho. No. Mentira. Lo cierto es que Sandro es un santo varón y si hay aquí alguien con peor genio que Paco Umbral cuando no le dejaban hablar de su libro, soy yo.

Cojo el móvil. Naaada. Ni una llamada, ni wasaps, ni Cristo que lo fundó. Jaime sigue en modo callado. Bueno, también podría decirse modo avergonzado o modo «soy un hijoputa, qué le vamos a hacer».

Sí, me convirtió en una cornuda. Me puso los cuernos, me fue infiel, salía con otra, se acostó con otra, tenía una novia extra. Si es que no hay manera de decirlo que suene medianamente bien. Lo peor de que te pase esta mierda es esa sensación momentánea de que eres una ídem, de que no eres válida. No eres suficiente y necesitan más. Bueno, a mí la sensación momentánea me lleva durando dos meses ya. Ese bajón de autoestima, ese sentimiento de no haber estado a la altura, te rompe. Y también te rompe el imaginártelos a los dos en la cama. Y más a un tío como Jaime: tan sosito, tan parado, tan poquita cosa. Vamos, si no llega a ser porque lo vi con mis propios ojos, antes me habría creído que era caníbal que infiel. Lo infravaloré, está claro.

A Jaime, los wasaps le llegan, sale la primera frase en la pantalla del móvil, tú la ves. Mira que le dije veces «Cambia eso y que salga solo el nombre del remitente, que igual te mando una burrada y tienes el teléfono encima de la mesa y lo ve tu madre». Que «Vale, sí, ya lo haré», que «En cuanto tenga un rato» y que si patatas fritas. Tanto procrastinar no es bueno, ya lo dice la Biblia (¿lo dice?), y al final pues pasa lo que se estaba buscando. No fue su madre, fui yo la que vio su móvil encendiéndose en la mesita de delante de la tele justo cuando él estaba en el baño y yo inclinándome para coger un puñado de panchitos del bol.

Estoy más caliente que el queso de un sanjacobo...

No quise leer más. Tampoco podía porque hasta ahí llegaba la frase. Entonces fueron mis orejas las que se empezaron a calentar (siempre me pasa, se me ponen rojas de vergüenza, indignación o ante un bolso de Chanel). Aún sin creer del todo que eso fuera lo que era, cogí el teléfono. Me temblaban las manos. Bah, seguro que era un amigo con alguna gilipollez, un chiste o un nuevo canal porno *online* que acababan de descubrir en esa pandilla de memos que tenía por colegas. Lo que pasa es que antes de la frase venía un «Vanessa», que claramente indicaba que la mierda de mensaje aquel tenía muchas posibilidades de haber sido escrito por una mujer, una mujer llamada Vanessa, en concreto. Qué horror. ¿Quién se puede llamar Vanessa hoy en día, por favor? Todavía, cada vez que pronuncio ese nombre, tengo miedo de que aparezcan los Morancos por algún rincón a hacer un *sketch*.

Bueno, el caso es que cogí su móvil y me quedé mirándolo como si fuera un ovni. Cuando Jaime salió del baño, le acerqué el teléfono y le dije:

—Vanessa está más caliente que el queso de un sanjacobo. No sé, tú dirás. Tendremos que hacer algo.

Se le cambió la cara cual *transformer* en evolución, y ahí ya me di cuenta de que estaba pasando lo que me parecía imposible. Sin embargo, cuando las cosas están pasando de verdad, te aseguro que son reales, aunque te cueste creerlas. Mírame a mí si no.

—Desbloquea el móvil —le dije.

—Rita, no.

—QUE LO DESBLOQUEES.

—Si quieres, hablamos y te explico.

—¡QUE LO DESBLOQUEES, HOSTIAS! ¡QUE NO QUIERO QUE ME EXPLIQUES NADA!

Ay, Jaime. ¿Por qué lo desbloqueaste? Tenías que haber echado a correr en ese momento, huir, desaparecer. Ya pensarías luego una excusa. Es lo que yo habría hecho, pero claro, yo soy una mujer de reflejos y tú un imbécil sin recursos y con el mal gusto de acostarte con Vanessa.

Al texto del sanjacobo le acompañaba una foto de una señorita en bolas tumbada bocabajo en la cama con un tulipán en el culo. Sí, un tulipán, exacto. Lo que es la flor en sí le descansaba justo en la rabadilla, con lo que está claro que tenía el tallo cuan largo era dentro de la raja. Qué vulgar, chica, perdona que te diga. Qué ordinaria.

No era época de tulipanes, sobre todo si tenemos en cuenta que en España no hay. Mi mente, rápida como yo misma en las rebajas de enero, ató cabos enseguida. Si hubiese sido transparente, estoy segura de que se habría visto cómo las neuronas de mi cerebro se conectaban, se iluminaban y chisporroteaban.

Los tulipanes vienen de Holanda, como la marihuana y los holandeses en general. Hacía dos semanas que Jaime había ido a Ámsterdam a pasar un fin de semana con sus compañeros de trabajo, que a mí ya me pareció raro porque trabaja en la gestoría de sus padres y ahí no hay nadie más, pero oye, si él me dice que se va con sus compañeros de trabajo, no tengo por qué desconfiar. ¡Claro que tengo que desconfiar, joder, no tiene compañeros de trabajo! ¡Rita, espabila! Lo cierto es que siempre lo tuve por tan poquita cosa que ni me puse a pensar en lo de los compañeros, fíjate tú qué tontería. No se me pasó por la cabeza que pudiera mentirme aun estando tan clara la jugada. Yo le infravaloré, pero está claro que él me tomó por tonta y acertó. No había compañeros, se fue con Vanessa, la bella, a pasear por los canales y a comer arenques. Ya no había más cabos que atar, de ahí la procedencia del tulipán, querido Watson.

Ni le pregunté quién era ni cómo la había conocido. Simplemente lancé el bol de panchitos contra la pared (es de plástico, no pasó nada), y le grité un «¡LÁRGATE!» que luego me dijo Antonia, la portera, que se oyó hasta abajo. Si tienes en cuenta que vivo en un cuarto, creo que la potencia de mi voz es para tener en cuenta. Soprano tenía que haber sido después de Miss España, y no la tonta a las tres que me sentía en ese momento.

Un par de días después, confesó. Vamos, cantó hasta *La Traviata:* Vanessa era prima de su amigo Christian, se habían conocido de cañas por Santa Ana. La chica acababa de romper con su novio de toda la vida y Christian decidió invitarla a salir con su grupo de amigos, para animarla y que viera eso de que hay más peces en el mar y bla, bla. Claro, yo nunca me unía a esas salidas porque soy alcohólica (suena fatal, pero yo lo digo ya con naturalidad) y, como alcohólica, no puedo beber (siete años llevo ya de abstinencia, cómo pasa el tiempo), y porque yo no soy de salir de noche. No me gusta, me aburro, me cansa. A ver si la sosa soy yo, ahora que lo pienso, porque a la vista está que Jaime resultó ser el rey de la fiesta. Se ligó a Vanessa en un karaoke cantando *Bailar pegados.* Puf, qué poco glamur y qué mala pinta tiene una relación que empieza así, también te lo digo.

Bueno, ya no quise saber más. De lo del karaoke habían pasado un par de meses y ya les había dado tiempo a follar, enamorarse, ir a Ámsterdam y, ojalá, meterse flores mutuamente por el culo. De tallo largo, a ser posible.

Yo no supe hasta ese momento lo que le quería, porque dolía todo mucho, muchísimo. Creo que es verdad eso de que no valoramos lo que tenemos hasta que lo perdemos. O a lo mejor solo era dolor de humillación y rabia. No lo sé, el caso es que me vino de repente el TOC, se apoderó de mí y durante una semana estuve casi inmovilizada y pensando solamente en cosas que habían pasado durante los dos meses anteriores y que me podían indicar que él salía con Vanessa. Hilé, hilé y até cabos casi hasta enloquecer. Ajá, el día que me dijo que no venía a cenar porque le quedaba trabajo por hacer y estaba en la gestoría. Ajá, ese modo de coger el móvil rápido como el látigo del Zorro cada vez que sonaba. Ajá, esa caja de condones cuando yo tomo la píldora.

Apenas nos hemos vuelto a hablar en estos dos meses. Yo me he mantenido firme como un soldadito raso, sin llamadas intempestivas, wasaps victimistas ni investigaciones entre su grupo de amigos. «La dignidad es lo último que nos salva, ante nosotros mismos y ante los demás», pienso mientras me limpio en el váter con papel de cocina porque se me ha terminado el papel higiénico.

Lo pasé mal, fatal. Menos mal que tuve a Berta conmigo en esos momentos. Bueno, creo que ya puedo dejar de llamarla entrenadora personal y llamarla amiga, porque entrenar, entrenamos más bien poco o lo que viene siendo nada (no puedo, tengo una lesión en el hombro de tanto hacer deporte), y sin embargo me ha demostrado que amiga sí es.

Voy a llamarla, a lo mejor mañana podemos desayunar juntas cuando deje a don Bruno en el cole. Una charla con ella y parece que todo pesa menos, excepto mi culo, que cada vez pesa más. Charlar con Berta es como ir al cine o leer un buen libro, me resetea la cabeza, salgo como nueva y vuelta a empezar de cero.

Me lo coge enseguida:

—¿Cómo está mi chica favorita?

—Pues no sé porque no la veo por aquí. Que me han caído cuarenta y dos, Berta. Que cuando era una cría y mi madre tenía treinta y ocho ya me parecía una vieja.

—Eso era antes. Mira ahora Jennifer López, más de cincuenta y anda subida por las barras haciendo *pole dance*.

—Soy una vieja. —Me gusta tirarme mierda porque ella me la quita y me siento superbién.

—No digas bobadas. Los cuarenta son los nuevos treinta.

—Y los cincuenta, los veinte de toda la vida.

—Bueno, a ver, ¿qué pasa contigo?

—¿Te recojo mañana después de dejar a Bruno en el cole y desayunamos?

—*Yes,* por favor. Me apetece mucho.
—Pues anda que a mí. A las nueve y media te aviso y bajas.
—Oook.
—Te quiero, guapa. ¡Guapaaa!
—¡Pues anda que tú!
Y colgamos.
Así da gusto.

Capítulo III

Yoga, aceptación y un poquito de eco

Sale del portal con sonrisa deslumbrante, la mata de pelo rubio en una cola de caballo y ese olor fresco a suavizante en la ropa que le caracteriza. Tiene treinta y un años pero aparenta unos trece. Me alegra que ella también desayune a lo cerdo, así no me siento mal. Zumos, cruasanes y café como para una boda, que no falte nada, oiga. Ella ha sido mi sostén después de la dura situación por la que pasé con Vanessa y el tulipán. Nada más irse Jaime de casa arropado por mis gritos de «¡Hiiijoputaaa!», la llamé deshecha en lágrimas, hipidos y mocos.

—Cariño, tengo un hombro en el que llorar y un bate de béisbol —me dijo.

Salí disparada hacia su casa y lloré en su hombro, pero el bate no lo usamos porque yo preferí el saco de boxeo que tiene en el salón. Golpeé, golpeé y golpeé. Me jodí la mano. Mira que ella me dijo que me pusiera guantes, pero *Million Dollar Baby* se apoderó de mí y ya no podía parar. Hasta que noté que me escocían los nudillos porque se estaban despellejando y que me dolía muchísimo la muñeca. Luxación, me dijo el médico. Cada vez que me pongo a hacer deporte con Berta se desata la furia de los elementos, porque siempre acabo en el hospital.

Bueno, ya han pasado dos meses de tan desagradable episodio

y ahora estamos contentas delante de una bandeja de cruasanes. Se preocupa por mí, la mujer.

—¿Seguro que estás bien?

—Que síííí. Bueno, a veces no, pero en general sí. ¿Y tú?

—Muy bien. Me estoy tirando a este.

Me enseña en el móvil una foto de un tío joven, guapo, moreno, con el pelo muy corto, los dientes muy blancos y un tostado de lámpara que asusta.

—Ah, muy bien. ¿Quién es?

—Es uno de *Mujeres y hombres y viceversa.*

—¿Qué me dices?

Esto se empieza a poner interesante y necesito otro cruasán que me acompañe.

—Pues lo que oyes.

—¿Cómo se llama? —pregunto mientras vuelvo a examinar la foto como si observara un animal exótico.

—Christopher.

—¿Es americano?

—No, de Talavera. A ver, se llama Cristóbal. De Cristóbal vino Cristo y de Cristo, pues Christopher, que es más extranjero.

—Ah, o sea, como yo con lo de Elvira, Elvirita y Rita pero a lo bestia. ¿A qué se dedica?

—Es sexador de pollos, pero ahora, con la oportunidad de la tele, quiere hacer carrera por ese lado. Aspira a entrar en *Gran Hermano.*

—Estupendo. Bravo por Christopher. ¿Y tú le ves con posibilidades?

—Qué va, tía. Tiene menos encanto que una pata de cordero.

—¿Y entonces qué pintas tú con él?

—Pues porque de cerebro nada, conjunto vacío, pero rabo, lo que quieras.

—¿Es majo?

—Pues no lo sé porque no hablamos. Vamos a lo que vamos. Esta mujer es una caja de sorpresas.

—Ah, entonces… te da ahí bien.

—Buah, como un cajón que no cierra. La inteligencia, el sentido común y las varitas de incienso ya las pongo yo. Él que se ocupe solo de darme zapatilla. Ahí, todo el día, pim, pam, pim, pam. Es un no parar, Rita. Estoy encantada, vamos.

Necesito un amante

—Necesito un amante.

—¿Quieres que le pregunte por sus amigos disponibles?

—No, no. Es que yo con los tontos no puedo, Berta. Te admiro mucho como mujer porque tú eso lo llevas fenomenal y te manejas que da gusto, pero a mí los tontos me sacan de quicio y acabo haciendo alguna barbaridad, como tomar tranquilizantes o cortarme el flequillo yo sola.

—Lo que quieras, pero las mujeres tenemos nuestras necesidades, y yo a ti te veo necesitada. Rita, recapacita —me dice mientras le da un pequeño sorbo al café y entrecierra los ojos mirando a la lejanía, que en este caso es el baño de minusválidos. Algo trama, la conozco—. Recapacitemos las dos. Necesitas un Satisfyer.

—Pero ¿qué dices? No, un Satisfyer no. Con un Satisfyer no puedo hablar de mis inquietudes ni ver *Chernobyl* en HBO.

—Yo con Christopher tampoco, y no veo el problema.

Además de una caja de sorpresas, esta mujer es un pozo de sabiduría infinito.

¿Cuánto costará un Satisfyer?

—Que no, Berta, paso del Satisfyer. Que yo no soy así. Yo soy de relaciones más bien emocionales. El sexo viene luego.

Seguro que por AliExpress lo encuentro a buen precio.

—Tú misma, pero te estás perdiendo lo que te estás perdiendo. Allá tú, hija. Luego no digas que no te di opciones. —Otro sorbo de café mirando a la lejanía.

Por lo visto tiene varias velocidades, y tú vas probando hasta dar con la tuya.

—Bueno, Berta. Cada mujer es un mundo. Además, todavía arrastro lo de Jaime. Creo que aún no estoy preparada para otra relación, y tampoco tengo ganas de sexo. Creo que el dolor de la traición me ha dejado asexuada, a lo mejor fue la imagen de Vanessa con el tulipán en el culo. Lo cierto es que tengo la libido por los suelos.

También lo llaman el succionador de clítoris, por algo será.

—Lo que usted diga, señorita. Si cambias de opinión, dímelo y organizo una quedada con Christopher y sus colegas. El problema será distinguirlos porque son todos iguales, pero si lo vemos complicado, les ponemos números y arreando.

Del resto de la conversación no me entero mucho porque ya solo puedo pensar en el Satisfyer. Cuando nos despedimos, la miro con atención mientras se dirige a la puerta del gimnasio. Bendito culo, el trabajo que le habrá costado. Se gira para decirme adiós con la mano. Qué brazo, ni esculpido por Miguel Ángel. Yo, sin embargo, empiezo a tener alas de murciélago en el tríceps. Tengo que hacer deporte, pero después de mis variadas y graves lesiones (es lo que tiene haber sido deportista de élite) no puedo pasarme. A ver, algo suave, como pilates o yoga. ¡Yoga! Ahí también van tíos, y seguro que más de uno puede ser el amante potencial que necesito.

En mi cabeza ya solo hay dos cosas: yoga y Satisfyer. Pues muy mal, que tengo que preparar el programa del viernes. Es que Beltrán, mi repre, me ha conseguido un programa de moda y belleza en el canal Preciosity. Es lo que tiene haber sido Miss España y ser suelta en las entrevistas, que en esos formatos encajas fácilmente. Me roba poco tiempo porque se graba un día a la semana, no me da guerra porque me lo dan todo guionizado y solo tengo que empollármelo, y no lo pagan mal. Menos mal que publiqué mi libro y eso me dio prestigio y gané credibilidad, porque después de la cagada del programa de Nochevieja pensé que no volverían a contratarme en la puta vida. En la vida, perdón. He vuelto a la misión de eliminar los tacos de mi vida. Estamos en ello, pero ya te digo que cuesta.

Justo me llega un wasap de Beltrán. Todavía ni él mismo se cree haberme conseguido el programa, porque había varias candidatas, pero al final logró que me eligieran para presentar *Bella tú, bella yo*.

A ver, centrémonos en lo importante: yoga y el Satisfyer. Voy a hablar con mi hermano Javier, que sigue por Andorra dando clases de yoga y meditación precisamente.

—Joder, tía. Es una idea cojonuda. A ver si por fin conseguimos que centres esa puta cabeza. Y estás tardando, hostia. Corre a apuntarte ya. Lo necesitas de cojones, te va a venir de coña.

Así me lo pone muy difícil (lo de quitarme los tacos, digo).

Es mi primer día de yoga. Me he apuntado en un gimnasio muy chulo y céntrico, porque el de mi barrio no acabo de verlo. Ahí solo van mamás del cole de Bruno y ya me dirás tú qué posibilidades tengo yo de encontrar allí un Christopher pero en listo.

En el vestuario me pongo las mallas, el sujetador deportivo, la camiseta y las zapatillas. Voy que lo peto, la verdad. Una cola de caballo con mechones sueltos y… ¡alehop! Soy una erudita preciosa del budismo y la meditación. Camino hacia la clase como si la cosa no fuera conmigo, como una experta en yoga y artes marciales que está ya un poco de vuelta de todo. Te juro que siento que soy tan experta que incluso podría dar la clase si la profesora fallara, basta con hablar suave, hacer posturas raras pero fáciles y pedir a los alumnos que me copien. Hostia, que llevo la etiqueta del pantalón colgando. La arranco con disimulo mirando de reojo, nadie me ha visto. Bien.

Me doy cuenta de que mi ropa se ve demasiado nueva en comparación con la del resto de alumnos que van entrando. Me encantan mis zapatillas, son verde fosforito con cordones negros. Relucen que da gusto. «Allá donde fueres, haz lo que vieres». Disimulo mirando la hora para poder fijarme en lo que hacen todos y hacer lo mismo sin que se note que no tengo ni puta idea. Vale, cojo una colchoneta muy finita que está enrollada. La desenrollo en el suelo. Cojo también un cojín y una toalla y me siento en posición de loto, que esto sí me lo sé del retiro espiritual al que fui en Segovia hace un par de años.

Pero, vamos a ver, ¿qué mierda es esta? Miro a las personitas que me rodean: unos cuantos chicos jóvenes muy delgados, unas cuantas señoras de edad respetable también muy delgadas y dos ancianos con sobrepeso. Creo que cincuenta euros es un precio apropiado para el Satisfyer.

La profesora se llama Esther y es una rubia muy flaquita y muy mona. Bueno, a ver si se me pega algo. Mi hermano me ha dicho que con el yoga esculpes tus músculos solo con el peso de tu propio cuerpo, como Madonna. Dice que con eso ya es suficiente. Y si tenemos en cuenta que el peso de mi cuerpo debe de ser tres veces el de la profe que tengo delante, podré esculpir mis músculos hasta tal punto que The Rock parecerá un teletubbie fofo a mi lado.

Esther nos habla muy suave mientras todos escuchamos con los ojos cerrados en la posición de loto. Nos explica que el deporte crea estrés (ahí estoy de acuerdo) porque tratamos de dar cada vez más, y sin embargo en yoga «menos es más», supongo que al revés que el caso de Berta y Christopher, donde está claro que más es más.

Con voz dulce y pausada, nos explica que la relajación es la clave de todo, que los miedos a veces provienen del propio estrés y del ritmo de vida que llevamos, y que cualquier tipo de miedo evita que las cosas lleguen a nuestra vida porque nos paraliza a la hora de tomar decisiones. Nos deja claro que estamos en el sitio adecuado para conseguir paz interior, aunque fuera reine el caos. Paz, prioridades, aceptar, agradecer. Qué bien me siento, parece que hasta levito un poco. Enciende un incienso. Mmm.

—Oye, perdona. —Hostia, qué susto—. Quítate las deportivas. Es mejor que estés descalza. Nuestros pies, siempre en contacto con la tierra —me aclara ella muy suavemente.

Ah, pues es verdad. Miro a mi alrededor y están todos descalzos. Adiós a mis preciosas deportivas fosforitas nuevas, pero lo importante es lo importante. Y aquí la prioridad es alinear cuerpo y mente, y si tengo que estar descalza como si me tengo que quedar en bragas. Bueno, eso mejor no. Comenzamos con las primeras posturas, *asanas* se llaman.

Nos tumbamos boca arriba, subimos la pierna derecha y la agarramos con la mano. La vamos abriendo leeentamente hasta formar una U. De repente suena un pedo, pero no un pedito discreto de los que puedas fingir que no han existido, no, no. Suena un pedo tremendo proveniente del señor que tengo al lado. Ha sonado como cuando abres una sandía. Encima, ha coincidido justo con la indicación de la profe en la que nos marcaba la respiración y estaba diciendo «Expulsamos el aire».

Perdona, yo no puedo pasar este pedo por alto. Se me escapa una carcajada que resuena en toda la clase. Mi risa hace eco, como el pedo del señor. Mierda, nadie se ríe, soy la única. Los miro descojonada viva, buscando algún cómplice de descojone, pero todos siguen a lo suyo, levantando piernas y respirando. ¿Cómo consiguen no reírse, por favor? Ha sido un pedo épico. Intento contener la risa pero no puedo, de hecho estoy llorando, y por encima de los cantos tibetanos solo se escucha mi carcajada contenida contra la toalla, pero no puedo parar. Cuanto más nerviosa me pongo, más avergonzada estoy y más necesito parar de reír, más me río. Es como cuando mi hermano y yo éramos pequeños y coincidíamos en el ascensor con un vecino; o como cuando estábamos en misa y mi madre nos ponía a cada uno en un extremo del banco, pero en el momento de silencio total, con lo de «Reconozcamos nuestros pecados», nos buscábamos con la cabeza, nuestras miradas coincidían y ya no podíamos parar de reír y teníamos que salir. Y cuando nos pasaba en el ascensor, pues así hasta que se abrían las puertas. Qué corta es la vida y qué largos esos momentos de descojone descontrolado.

No puedo más. Estoy sentada abrazada a mis rodillas con la cara escondida entre ellas. Mis hombros se mueven arriba y abajo, tengo la cara llena de lágrimas y por más que meto la toalla en la boca y pienso en cosas tristes, no puedo parar de reír. Lo estoy pasando fatal. Me levanto y salgo de la clase con la colchoneta en una mano, el cojín en la otra y la toalla alrededor del cuello. Una vez fuera, dejo explotar la carcajada entera hasta que se va calmando sola.

Joder, qué buen-mal rato.

Hala, *pa* casa.

Fin de mi breve incursión en el apasionante mundo del yoga.

Capítulo IV

Satisf... action

—Estoy pensando en irme del país cuando sea mayor.
—¿Y eso?
—Pues porque entonces ya no tendrían que ponerme *don* delante del nombre. En el extranjero es *mister,* y míster Bruno suena guay.

Ahí sigue el niño, dale que te pego con el nombre.

—Ah, pues estupendo. Y en Italia te llamarían *signore,* que eso da una clase y un saber estar que ya quisieran…
—Perdón.
—Pasa, pasa.

Estamos subiendo en el ascensor a casa, y en el último momento ha entrado un chico mono. Lleva vaqueros gastados, camiseta ancha, barba y moño. Nunca me he fiado de los hombres con moño. Se baja en el mismo piso. Venga, no me jodas. Vaya, vaya… Hola, vecino. Por fin tenemos vecino de rellano, que ese piso llevaba libre desde el Pleistoceno. El dueño es don Ramiro, pero hace años que ni se le ve por aquí.

—Anda, pues resulta que somos vecinos.
—Sí —dice muy sonriente—. De momento me quedo unos meses de alquiler, después ya veremos. Ojalá pudiera quedármelo, me encantan el piso y la zona.
—¿Cuánto te piden por él? Mi madre dice que cuando acabe

de pagar la hipoteca será vieja, que ya lo está siendo, por cierto. Menos mal que mi abuela nos ayuda.

Empujo a Bruno suavemente hacia la puerta abierta por no meterlo dentro de una patada en el culo.

—Je, je… críos, en fin. La dejan a una mal cuando menos te lo esperas. —Me encojo de hombros—. Imprevisibles.

—Se le ve espabilado y buen chaval. Me gusta tu hijo.

Me guiña un ojo y entra en su piso. Qué mono, ya me ha ganado. ¿Ves qué fácil soy? Lástima de moño.

Hoy toca grabación de *Bella tú, bella yo,* y ya estoy lista en el plató. Beltrán pasea de un lado a otro con el móvil en la mano. Eso es muy de mánager de estrellas, lo del móvil y el estrés.

—Beltrán, hijo. Vas como vaca sin cencerro. Para un poco, que me pones nerviosa, anda.

—Qué sabrás tú, insensata. Estoy esperando a que me confirmen un trabajo. Un trabajo para ti en concreto.

—¿No será la línea esa de Mango para gordas? Porque empiezo a encajar. Si me contratan, lo petamos.

—No digas tonterías. El mes que viene comienzan a grabar *De miss a miss,* un programa en el que una ex Miss España entrevista a otra ex *miss.*

—*Wow,* superoriginal.

—Tú ríete, que lo estoy dando todo porque la presentadora seas tú. Ya te estoy viendo… de casa en casa, como en el programa del Bertín, haciendo a todas las ex Miss España de la historia preguntas como «¿en qué cambió tu existencia?, ¿volverías a repetirlo?, ¿te jodió mucho la vida el título del carajo?» y cosas así.

Mmm…, no es ninguna tontería, no. En nada termino esta segunda temporada en Preciosity, y me vendría genial enlazar con otro programa de estos en *prime time* en una cadena que ve todo el mundo.

—Ah, me gusta la idea. Sobre todo porque podría empezar entrevistando a las *misses* más antiguas, es decir, a la primera Miss España que aún esté viva, así rollo superviviente del Holocausto, e iremos avanzando en el tiempo. Entonces yo pareceré superjoven a su lado. Y le cogeré la manita, y ella, supertierna, me dará consejos y me dirá cosas como «Ay, si yo tuviera tu edad», y yo podría terminar confundiéndome y llamándola yaya… Y luego avanzaremos en el tiempo de los tiempos e iremos viajando hasta el presente en el carrusel de las *misses* y… —Ups, esto que viene ya me gusta menos.

—Sigue —dice Beltrán en jarras.

—Y… Bueno, claro, terminaría entrevistando a mis propias compañeras y… y…

—Sigue, sigue.

—Y llegaríamos al día de hoy, entrevistando a una cría de diecinueve años que estará buenísima pero no sabrá hacer la O con un canuto.

—¿Por qué te tiras piedras sobre tu propio tejado, Rita? —Se descojona vivo—. ¿No ves que tú misma tienes prejuicios y sigues perpetuando el mito de «guapa pero tonta»? Joder, si te juzgaran a ti por la mierda que hiciste en Nochevieja…

—¡Cállate! Que me desconcentras. Hala, vete a la máquina de los cafés —lo voy empujando suavemente—, que han puesto uno nuevo de Moka Caramel que es una locura.

Se va descojonando mientras se limpia las gafas con el pañuelo. Le quiero, pero también le daría a veces con algo duro en la cabeza, te lo juro.

Bien, hoy tenemos un programa facilito y llevadero, como todos, vaya: un corte de pelo en directo hecho por un discípulo de Llongueras, buscando el rollo más favorecedor según el óvalo de la cara de la modelo, que por cierto está en un rincón aterrorizada viendo peligrar su melena. Tiembla, hija, tiembla, porque yo te digo que te van a dejar tipo Demi Moore en la peli esa en la que hacía de sargento o lo que fuera. Después, una conexión con una clínica de estética en la que nos van a hablar de los tratamientos más innovadores contra la celulitis, como la carboxiterapia, que duele un *güevo* pero va que te cagas, porque me invitaron a probarla y casi me tienen que sacar de allí con fórceps, diez sesiones me acabé dando. Luego una entrevista en plató a una *triunfita* que ha sacado una línea de cosméticos ecológicos, y conectamos con nuestra reportera que está en la zona guay de Serrano preguntando a las señoras que salen de las tiendas carísimas qué han comprado y comentando las últimas tendencias. Y termino yo (¡yo!) dando consejos al personal sobre cómo perder peso y mantenerse en forma. Por mí diría «Deja de comer dónuts y mueve el culo. Gracias. ¡Hasta el próximo programa, amigos!», pero tengo que contar lo que todo el mundo sabe, lo de beber dos litros de agua, evitar los carbohidratos a la hora de la cena, tomar infusiones diuréticas, no coger el ascensor y subir a pie (si yo hubiese seguido ese consejo, no habría conocido al nuevo vecino del moño, maldito moño), caminar y evitar todo tipo de bollería y azúcar refinado. Verduras a la plancha, gloria bendita; *muffin* de chocolate, mierda envenenada. Un poco más de lo de siempre, bla, bla y hasta aquí hemos llegado. Es muy curioso que el apio sepa a gato muerto y las napolitanas estén tan buenas. Es que nos lo ponen muy difícil, joder. Luego que si los críos y la obesidad y las enfermedades coronarias. Si inventaran un brócoli que supiera a huevos fritos con patatas, otro gallo cantaría.

A la vuelta, ya desmaquillada, recojo a Bruno en casa de su amigo Carlos. La madre de Carlos es una santa mujer y punto. Siempre se queda con él cuando yo trabajo, menos los findes que viene Sandro desde Italia o viene mi madre desde Albacete, porque «Si no veo a mi niño, me muero».

—¿Qué tal se ha portado?
—Genial. Oye, me ha estado contando no sé qué de cambiarse el nombre y me ha preguntado por la dirección del Registro Civil…

—Nada, nada —la corto—, chorradas suyas. Se le pasa enseguida. Gracias.

Nos despedimos con gestos de «estos críos...», orgullosas las dos mamás de nuestros respectivos motores de vida.

Al llegar al portal nos encontramos con Antonia, la portera, dale que te pego con la escoba en el recibidor.

—Hola, guapa. ¿Qué pasa, Bruno?

—Antonia, ¿a que don Bruno es una mierda?

Esto empieza a ser un pelín preocupante.

—¿Qué tal, Antonia? Pues yo aquí, volviendo del trabajo. Mira, traigo un ojo todavía a medio desmaquillar, se me metió el rímel dentro y pica que «¡Ay, Jaliscooo, no te rajeees!».

Nos reímos. Después se me acerca confidencialmente.

—Escucha, que tienes vecino nuevo.

—Sí, bueno. Que tengo vecino en general, porque nunca tuve uno.

—Es de alquiler.

—Ya, ya, me lo ha dicho.

—Ah, ¿le conoces?

—Sí, del ascensor. Nada, cuatro palabras y nada más.

—¿Y qué más te ha contado? —Se quita y se pone el prendedor del pelo con una velocidad asombrosa, como si estuviera pillando wifi, y entrecierra un poco los ojillos, como si así se asegurara de que no se le va a escapar nada de lo que le cuente.

—Pues eso, que está de alquiler, que le encanta el piso, que ojalá pudiera comprarlo pero a ver si puede... Esas cosas.

—Ya...

Ahora sus ojos son dos rendijas de sabiduría y cotilleo desatado.

—Ah, y que le encantaba Bruno.

—¡JESÚS! —Se lleva la mano al pecho mientras da un saltito.

—Ay, coño, Antonia. Qué susto. Pensé que estaba aquí detrás oyéndonos.

—¿Te dijo que le encanta el niño? A ver si va a ser un pederasta. Mantenlo lejos del crío, por favor te lo pido, que no queremos disgustos.

Coge a Bruno, se agacha y lo apretuja. El pobre casi se pierde entre tanta teta.

—Anda, no digas tonterías... Pederasta ni pederasta... Tiene una pinta de buen tío que no puede con ella...

—Lo mismo decían de Hitler, y mira la que lio.

—Antonia, por favor. —Me descojono—. ¿Qué estás viendo en Netflix? Venga, que yo me entere.

—Ríete, ríete..., pero torres más altas han caído. Y a mí hay algo en ese hombre que no me gusta.

—Pues como no sea el moño —contesto riendo mientras abro la puerta del ascensor, una vez Bruno ha sido rescatado de las pechugas de Antonia.

Ella abre mucho los ojos, como si acabara de descubrir la luz, la gravedad o el alisado japonés.

—¡Exacto! Es el moño...

Voy preparando la mochilita de Bruno porque Sandro viene este finde a verlo. Pensaba yo que se cansaría de tanto ir y venir de Italia, y vuelta a España, y venga vuelta a Italia. Y otra vez. Y venga la burra al trigo. Pero no, oye, en todos estos años rara vez ha fallado. Solo cuando el coronavirus, alguna vez que su madre estaba pachucha y poco más. Es lo bueno también de tener un ex que no sea un muerto de hambre, que ya es raro que haya dado conmigo, porque yo siempre me echaba novios más bien pobres. Mi madre se desesperaba, siempre me decía: «Pero, hija, ¿qué más te da un rico que un pobre? Pues anda que no habrá ricos majos... pero, no, ella a los pobres directamente».

Que no, que yo no los escogía pobres, de verdad. Era la vida, que me llevaba. «Son las cosas de la *vitaaa*», canto con la voz nasal de Eros Ramazzotti. Siempre que viene Sandro me da por arrancarme por Laura Pausini o Ramazzotti, ya ves tú. ¿Vendrá con la novia? Mira que pensaba yo que iban a durar menos que un caramelo a la puerta de un colegio, pero no, ahí los tienes. Juntitos y unidos, dando un poco de asco de tanta felicidad italiana junta. Al final, me quedé yo sola antes por culpa de Vanessa y el tulipán. Basta, basta. ¿Nunca voy a poder librarme de esa imagen, por el amor de Dios? ¡Qué tormento! Estoy segura de que con un buen abogado podría pedir daños morales. ¿Se pueden pedir también daños visuales? Porque después de lo de la foto, los tengo fijo. Debo informarme, seguro que a mí me corresponderían unos cuantos por…

Suena el timbre y al abrir la puerta ahí está él, el del moño. ¡Que nooo! Que es Sandro. Qué guapo es, por favor. Qué dientes tan blancos y qué bien huele. Yo creo que metí la gamba hasta el fondo desenamorándome. Si rompe con Chiara, voy a ver si puedo volver a enamorarme; estoy segura de que él jamás me daría disgustos grandes tipo flores en culo ajeno. ¿Ves? Me quedé traumatizada.

Nos damos dos besos y Bruno le salta al cuello. Sonrío agradecida. Qué suerte que se quieran tanto, qué suerte de ex tengo. Le doy un besito en la punta de la nariz a mi pequeña flor de azahar mientras está en brazos de su padre, que se queja bromeando:

—*Ma che* grande estás… *Non* puedo contigo, ¿eh? *La prossima vez, serai* más alto que yo.

Comienza el ataque:

—Papi, tenemos que hablar de mi nombre…

Le hago a Sandro una seña con la mano de «lo que te espera» y cierro la puerta un poco triste. Qué vacía se queda la casa. Oye, qué vacía, y qué a gusto también. Qué paz, joder. Qué buen momento también para pedir el Satisfyer. A ver, no voy a ir al Media Markt, que todo el mundo me conoce. Imagínate el número, seguro que pasaría algo tipo que el código de barras no se lee bien y la cajera levanta la caja y grita: «¡Que alguien me traiga un Satisfyer, por favor, que este no va!». O se pondría a probar las velocidades para comprobar que funciona mientras una cola enorme de gente mira y comenta, o cualquier cosa rara que nunca pasa pero conmigo es habitual. Es como cuando voy a la farmacia a comprar Dulcolaxo. Siempre tengo la sensación de que la farmacéutica me mira con cara de «no cagamos bien, ¿eh?», y estoy convencida de que en cuanto llega a su casa es lo primero que grita nada más pasar por la puerta: «Pues la de *Sábado y confeti,* mucha *miss* y lo que quieras, pero la única cagada que le salió fue la de Nochevieja, porque ya te digo que es estreñida». No, no quiero recordar lo del programa de Nochevieja, que estoy traumatizada.

Qué difícil es pertenecer al *star system,* de verdad te lo digo. PERO BUENOOO. En AliExpress lo venden a 17,99 euros. Qué maravilla. A ver, a ver... uf, tarda un mes. Qué va, en un mes se me acaban borrando las huellas dactilares. ¡Ah, mira! Aquí hay una que lo vende a 9,99 euros por Wallapop. «Embalaje perfecto, caja sin abrir. Yo no uso estas marranadas, ya se lo dije a quien me lo regaló». Pues muy bien, chica. PayPal y listo. En un par de días tengo a mi Christopher particular en casa, y ni varitas de incienso necesita. Berta, aprende de tu maestra.

Estoy tan contenta que pongo a Cyndi Lauper a todo trapo cantando *Girls Just Wanna Have Fun* mientras berreo los coros y bailo por la casa, cuando oigo la cisterna de la casa de al lado. Joder, que ya no estoy sola. Voy a bajar la música, no vaya a molestar al vecino con tanto jaleooo...

Al vecino.

Al guapo.

Al del moño.

Quito la música y pego la oreja a la pared a ver si oigo algo. Si se tira un pedo tipo el señor de yoga, me muero, porque ya se va todo el misterio y el morbo. ¿Qué morbo ni morbo? Hala, ya está mi cabeza a su bola imaginando cosas que no son.

Capítulo V

Me sube la bilirrubina

Estoy pasando un fin de semana malísimo, confinada en casa como con epidemia de coronavirus, pero sin epidemia ni nada. Apenas me puedo levantar de la cama. No quería reconocerlo, no, no y no, pero sí, sí y sí. ¡Tengo sofocos, joder! Me despierto a media noche con unos sofocos que son una especie de fuego que me sube hasta la cara y parece que me arde. No, no quiero decir la palabra. Voy a decirla, que yo siempre he sido una tía que mira a las dificultades a la cara: menopausia.

Madre mía, no puede ser. En todo caso será premenopausia, ¿no? Pero tampoco. Soy joven, joder. Soy joven. Soy joven. Tengo cuarenta y dos años. Vale, ya no estoy para jugar a las cocinitas, pero... ¿la menopausia? Venga, por favor.

Pero es un hecho. Busco en Google el tema de los sofocos y sí, parece que concuerda. La sensación de quemazón que te inunda la cara, que dura unos minutos en los que lo pasas fatal, y luego se va y vuelve. Y así me he tirado todo el sábado. Apenas salí de la cama porque con tanto sofoco seguido no dormí casi nada. Me levantaba como huyendo de un colchón en llamas, iba al baño a mojarme la cara y el pelo... y los hombros, las tetas y un poco todo. Como tengo dismorfia y aunque esté buenísima me veo fatal, hacía todo esto con la luz apagada para no verme en el espejo. Después, volvía empapada a la cama. Parecía que me quedaba dormida… y vuelta a empezar. Así que llevo todo el domingo paseando por la casa como una zombi. Me he hecho dos coletas que he recogido en sendos moñitos para dejar la nuca bien abierta y despejada. Parece que tengo dos orejitas medio deshechas en lo alto de la cabeza, pero nada, por ahí no refresca nada. Me arde la nuca. Si tuviera las orejas grandes y de soplillo, a lo mejor al separar el pelo en dos partes podría formarse por ahí detrás algo de corriente, entre lóbulo y lóbulo, pero como las tengo pequeñas y pegadas, ni eso. Lo que es una ventaja a la hora de hacerte un moño italiano se convierte en un inconveniente en la menopausia. ¡Lo he dicho! Menopausia. Arrastro llorosa el edredón de la cama y me dejo caer en el sofá. Madre mía, qué cerda. Llevo desde ayer sin ducharme, pero estoy tan cansada que no me da la vida. A ver si sufro un mareo o una lipotimia en la bañera y me desnuco contra el monomando. Antonia encontraría mi cuerpo exánime y desnudo en un charco de sangre proveniente de la zona de los moñitos. Tendría los ojos muy abiertos (a ver, normal, si te rompes el cráneo contra la grifería, te sorprendes y te quedas con esa cara), los labios azulados y el agua caliente de la ducha seguiría cayendo, como en una melodía mortal. Antonia habría entrado con su llave porque el agua ya estaría causando humedades en el piso de abajo, entonces al encontrarse con semejante pastel, gritaría y gritaría como Nicole Kidman en *Los otros,* y el nuevo vecino entraría corriendo y al ver mi cuerpo yacente exclamaría: «¡Vaya mierda de moños, a mí me salen mejor!». ¡Basta!

Un escalofrío me recorre el cuerpo. ¡Qué bien, un escalofrío! A lo mejor ya se han pasado los sofocos. ¡NOOO! Aquí vuelven. Se me va a ir la regla, esto es el fin. Oficialmente ya soy vieja. Y ya me dirás tú, lo injusto que es eso teniendo en cuenta que soy una persona adulta con una vida sexual activa. Bueno, activa… Soy una persona adulta en edad de llevar una vida sexual activa, y ya. Todo son rachas. Mañana me tiene que llegar el Satisfyer. Madre mía, igual ya tengo el pepe más seco que «el ojo la Inés».

Me viene a la cabeza la señora esa del anuncio. Sí, hombre, una señora muy feliz, con canas y más años que Matusalén que dice eso de «El sexo no tiene por qué ser doloroso. Contra la sequedad vaginal, VAGINESIL», y enseña el tubo a la cámara. Dios mío, igual ya es tarde para tantas cosas… Me arrebujo en el sofá bajo el edredón mientras oigo amortiguadas las voces de Penny y Sheldon en el capítulo del yoga de *The Big Bang Theory*.

Estoy en mi cueva, a salvo. Me limpio los mocos con la manga del pijama y se me caen las lágrimas sin remedio pensando en lo que me espera. A partir de ahora me pondré solo prendas anchas de señora mayor, si soy vieja no pinto nada con estas tetas de joven cortesía del doctor Daniel Cabello, sería esperpéntico. Me cortaré el pelo a lo chico, sin ninguna forma específica. Llevaré siempre una chaqueta de punto, que cerraré con un pellizco mientras alguien me cuenta un cotilleo y yo digo «Vaya, vaya…». Nunca más quedaré con Berta. ¡Berta! ¿Cómo le voy a explicar esto? Se avergonzará de haberle contado con tanto detalle su vida sexual a una señora de edad respetable que se escandaliza del rabo descomunal de Christopher. ¿Y mi pobre Bruno? Se pasará la vida escuchándome decir cosas como «Pues yo a tu edad…», o aún peor: «Mientras sigas bajo mi techo, aquí se hará lo que yo diga». Estará deseando cumplir la mayoría de edad para independizarse y mandarme al carajo, pero no le hará falta, porque yo moriré antes. ¡Pobrecito mío, un crío tan bueno y ya huérfano! Qué injusta es la vida, joder. ¿Para qué venimos a este valle de lágrimas, si no es de sufrir? Saco un poco la cabeza del edredón porque si no tengo miedo de ahogarme y, como ya no me caben más mocos en la manga, me limpio la cara con una servilleta de papel que está hecha un burruño encima de la mesa, mesa que por cierto tiene un cristal y en la que veo mi cara deformada por el llanto y los moñitos, y vuelvo a deshacerme en un mar de lágrimas.

Mañana me toca voluntariado en el hospi, creo que se lo tengo que contar a Félix. Sí, es mayor pero también es mi compañero y me entiende y me tiene cariño. Y es un hombre sabio que lleva tantos años en el hospital… Él sabrá decirme las palabras que necesito oír. Eso es: Félix es la solución.

Ay, que viene otro sofoco. Que viene, que viene…, ya está aquí. Es como un orgasmo, pero en chungo: cuando llegas al punto de no retorno, ya no hay marcha atrás.

Cojo el vaso de agua de la mesa y me lo tiro por la cara mientras Leonard y Howard discuten en la tele por culpa de la última novia de Raj. Ay, qué gusto… Me cae el agua fría por la cara, por un momento ni veo y me limpio un poco los ojos con la manga; ahí he estado suelta, si me llego a limpiar con la de los mocos quizá podría haber salido de ella una nueva forma de vida.

La tarde transcurre en un bucle de sofocos, agua por la cabeza, lloros con Netflix de fondo y búsquedas en Google sobre cómo convertir a la menopausia en tu amiga. Hay que tener la cara muy dura y muy poca vergüenza para escribir algo así.

A eso de las ocho suena el telefonillo, por fin Sandro me trae a Bruno. Le necesito, quiero estar con mi niño, escuchar su diarrea verbal y sus quejas que me matan de amor, y olvidarme un poco de mí misma. Él no tiene por qué saber que su madre es vieja, ¿verdad? Al fin y al cabo, no llevo escrita la palabra *menopausia* en la frente.

Corro al telefonillo y abro la puerta. Salen los dos del ascensor charlando amablemente como si nada. Afortunados vosotros, que aún sois jóvenes y disfrutáis la vida. Mi aspecto debe de ser un poco patético, si no asqueroso y terrorífico, porque los dos se callan de golpe y se me quedan mirando.

—Hola, mamá. ¿Qué?, ¿un finde durito? —dice mi pequeña flor de lis mientras se pone de puntillas para darme un beso y me coloca bien la horquilla que me he puesto en un lado para que me sujete el flequillo y que así no me dé calor en la frente.

Entra corriendo en casa con su mochila cantando no sé qué del rap o del *trap* ese. Sandro me mira sin decir nada, muy quieto. ¿Esto que hay en sus ojos…? Sí, es amor. Lo noto. Ha sido verme pasar por un mal momento y le han vuelto en cascada todos los sentimientos dormidos que tenía hacia mí, dormidos porque ya se encarga su novia de cantarles nanas cada día para que no se despierten. Pero no, querida Chiara, donde hubo llamas siempre quedan rescoldos, y he aquí el resurgir de una historia de amor que nunca tuvo que acabar, sobre todo porque fui yo quien le mandó al carajo.

Noto cómo algo se despierta en mí. No sé si es amor o que viene otro sofoco, pero no tengo tiempo de pensarlo porque me lanzo a su cuello. Le abrazo fuerte, fuerte. Mierda, se me están cayendo los mocos en su hombro. Americana de Emidio Tucci. Sorbo los mocos como puedo y… Pero bueno, ¿qué es esto? Noto en su pantalón un bulto duro y enorme. A lo mejor no soy vieja o él todavía no se ha dado cuenta. Me aprieto contra él un poco más para asegurarme, y sí, ahí está. Una erección como el Timanfaya.

Le gusto, lo sabía. Me separo de él un poco, con movimientos sensuales y felinos, y cuando ya he deshecho el abrazo y tenemos la distancia suficiente como para mirarnos a los ojos, pestañeo un par de veces, vuelvo a sorber los mocos *padentro,* porque aquí unos mocos no pegan nada y romperían la magia, y con voz ronca y pausada le digo:

—¿Llevas una grapadora (era así, ¿no?) o es que te alegras de verme?

Sonrío con dulzura, pero a la vez un poco salida mientras Sandro, desconcertado, se lleva la mano al bolsillo y saca una grapadora. Se encoge de hombros. Pero ¿qué coño…?

En ese momento soy consciente de mis pintas, de mi pijama con las mangas enormes y llenas de mocos, de mis moñitos en la cabeza medio deshechos, de la horquilla que me sujeta el flequillo, del pelo sucio y mojado del último vaso de agua que me tiré y de mis ojos que parecen tetas de tanto llorar. Y ahí ya exploto. Perdona, todo tiene un límite.

—¿QUÉ COÑO HACES CON UNA GRAPADORA EN EL BOLSILLO?

—*Ma* Rita..., escucha... Bruno debía hacer un trabajo de la *scola, ecco* fuimos al chino a *comprare* cartulinas y esta grapadora...

Alza en la mano el motivo de mi vergüenza.

—¡Pues muy bien! Recuerda facturar el equipaje porque una grapadora en un vuelo es considerada un arma letal y, si no, te la quitan. Y acabarás en la cárcel y ya, luego, te mueres.

Cierro de un portazo y le dejo con una cara como si yo fuera un satélite en vez de un ser humano.

Bruno asoma su cabecita como con precaución. Él tiene mis días del mes controlados, porque los días antes de la regla (según él) estoy de mal humor y loca del todo, así que esto le debe de estar confundiendo porque no le coinciden las fechas.

—Mamá... —me dice muy suave.

—¿QUÉ? —bramo.

—¿Te va a venir la regla?

—NO, Y QUIZÁ SEA UN NO POR MUCHO TIEMPO.

Bruno se lleva las manos a la cabeza.

—¿Cómo? Estás embarazada, no me lo puedo creer. Pero, mamá..., ¿cómo has podido hacer... eso? —Pone carita de asco mientras da una vuelta sobre sí mismo, como una peonza—. ¿Con quién lo has hecho? —Ahora se pone en jarras, está tan mono que no me atrevo a interrumpirlo; esto es lo mejor que me ha pasado en todo el finde—. Supongo que con Jaime, ¿no? Vamos, tiene que haber sido con él, no has conocido a otro. ¿Pero cómo has podido hacer eso tan... ASQUEROSO? Yo pensaba que solo lo habías hecho una vez, hace muchos años, con papá y para que yo pudiera nacer, pero nada más. —Se sienta en una silla y resopla resignado—. Bueno, vamos a calmarnos. Lo hecho, hecho está. Lo único que te pido es que me dejes a mí escoger el nombre, no queremos otro error en la familia.

Vale, esto hay que frenarlo ya... Está monísimo tan indignado y con su discurso de adulto loquito, pero tengo que decirle la verdad.

—No, cariño. Ni embarazo ni embaraza. Verás, la menopausia es una cosa que...

—¡Ah! Haber empezado por ahí. Madre mía, qué alivio. Bueno, bueno... esto es otra cosa. —Sonríe, está feliz la criatura—. Entonces será la perimenopausia precoz, porque todavía no tienes edad, digamos oficial, para ello, pero sí, a veces sucede. Supongo que ya has empezado con los sofocos y en breve se te retirará la regla para siempre. Imagino que sabrás que eso significa que ya no te podrás quedar nunca embarazada, ¿no? —Asiento—. Bien, pues espero que no aproveches esa circunstancia para hacer..., ya sabes, eso. —Finge que se mete los dedos en la boca para vomitar—. Mamá —me mira fijamente a los ojos—, no lo hagas. Nunca. Por favor. Piensa en mí. Al fin y al cabo, eres mi madre y yo soy tu hijo.

Ay, mi niño, qué discurso más bien hilado. Este va para político, pero ya me encargaré yo de frenarlo. Ni torero ni político. Lo demás, lo que quiera, como si va para tronista a hacer compañía al Christopher de turno.

Soy VIEJA. Oficialmente. Dios mío, me he perdido tantas cosas que ya nunca podré hacer... Camino hacia la cama arrastrando los pies. Nunca he participado en una orgía, ni he visto ballenas en libertad, tampoco he tenido los *güevos* de cortarme el flequillo como Amélie y jamás he sido fan de Pitingo. Todo eso me lo he perdido, y es para siempre.

Bueno, llevo un rato sin sofocos. Bruno está tranquilo ahora que sabe que no he hecho «eso» y mañana Félix va a ayudarme.

Quiero dormirme pronto para que sea mañana cuanto antes, por Félix y por el Satisfyer, claro.

«Siempre sale el sol», pienso mientras sufro el último sofoco antes de quedarme frita.

Capítulo VI

Mis zonas erróneas

Pues aquí estoy, en el hospital, con mi bata blanca y con Félix al lado yendo de habitación en habitación. Es lo que tiene esto del voluntariado, que si te comprometes, te comprometes, y no está bien faltar porque simplemente te sientas mal. Aunque ya sabemos que hoy, además del altruismo, tengo otro objetivo... Pues no, todavía no me he atrevido a decirle nada a Félix, llámame tonta. Nada más llegar, él ya estaba con las fichas de los pacientes, café en mano, animado y parlanchín.

—Tienes cara de cansada —me dice.

—Sí, bueno. No he dormido muy bien.

—Vaya, vaya... —Es muy educado, él nunca diría algo como «Vaya cara de mierda me traes, vas a asustar a los pacientes»—. Pues hala, empezamos la ronda.

Con lo que me gusta a mí esto de dar charleta a los pacientes, y hoy voy como desconcentrada. Hoy que lleve él la batuta, que yo no tengo el chichi *pa* farolillos, nunca mejor dicho.

Me dio mucha pena el hijo de una señora mayor. Él tendría unos cincuenta y cinco años y se nos echó a llorar. Yo salí con él fuera, para que su madre no lo viera, que los pacientes se asustan cuando ven que los familiares lloran. Bueno, pues salí al pasillo con el señor gordito y calvito que estaba ya hecho un mar, qué digo un mar, un océano completo de lágrimas.

—A ver, llora lo que tengas que llorar —le di un clínex—, y cuando te calmes, cuéntame. ¿Está muy grave tu madre?

—Pues mira, no lo sé —me dijo después de sonarse un par de veces—. Esto son todo pruebas y pruebas. Soy hijo único, a ver, no la voy a dejar sola, tiene ochenta y tres años. Y como ya llevamos así varias semanas, me han despedido del trabajo. —Hiiijos de la grandísima—. Ella no lo sabe. Bueno, a tirar hasta que se me acabe el paro y luego a ver. Con mi edad, ya me dirás quién me va a contratar, soy administrativo. Y con la pensión de mi madre, que son 450 euros, pues ya me dirás.

Ahora entiendo su desesperación.

—Vale, eres hijo único. Has hecho lo normal, quedarte con tu madre. Ahora no te sientas culpable por eso, porque tu madre te necesita y tú te sentirías fatal estando en el trabajo lejos de ella.

—Me sentiría fatal. No habría podido.

—Exacto. ¿Tienes hijos? ¿Tu mujer no puede echarte una mano? Es que te veo desbordado y agotado.

Me había dicho que llevaba cinco semanas durmiendo en el sofá de la habitación.

—Me casé tarde, hace cinco años. Hijos no tuvimos y mi mujer falleció de cáncer hace ocho meses. —Y se vuelve a romper.

Te juro que la vida se ensaña a veces con determinadas familias de un modo sangrante, grotesco. ¿Qué le puedes decir a un hombre en esa situación? Poco. O nada. Solo dejarle que lo cuente ya es un gran alivio para él.

Le doy otro clínex.

—Escucha, tu situación es muy difícil. Solo puedo felicitarte por haber sido tan valiente de quedarte con tu madre enferma renunciando a tu trabajo, porque sabías que te la estabas jugando. —Asiente—. Yo creo que las decisiones valientes siempre tienen premio, el asunto es aguantar en pie hasta que llegue. Mientras, quizá la asistente social te pueda orientar, o puede mandar a alguien que se haga cargo de tu madre cuando le den el alta para quitarte a ti un poco de peso, y que tengas algo de libertad para salir a buscar trabajo o a ligar. —Le guiño un ojo y consigo que sonría un poco.

Le paso el número de Anabel, la asistente social del hospital que le corresponde, pero sé que, por desgracia, las ayudas a domicilio solo se envían cuando no hay hijos ni nadie que se haga cargo de la persona dependiente. Solo espero que esto sea tomado como la situación excepcional que es, y haciendo alguna pirueta burocrática, los servicios sociales hagan magia y ayuden a este pobre hombre. Noto que se me eriza el vello de la nuca cuando dice:

—He pensado en quitarme la vida, pero soy cobarde, no me atrevo.

—Pues vaya final, si después de llegar hasta aquí por amor a tu madre, ahora que estoy convencida de que ya ha pasado lo peor, resulta que te tiras a las vías del metro y la dejas sola... Y encima con la culpa, porque por lo que hablé con ella la cabeza la tiene fenomenal y se *cosca* de todo.

Asiente avergonzado. Le doy un abrazo apretado, apretado. Noto cómo tiembla. Félix sale de la habitación y sonríe.

—Eeeh, perdón. Tu madre pregunta por ti.

—Si es que no me deja ni un minuto —se queja—. La adoro, pero no me deja ni respirar. No puedo más.

Madre mía, qué pena más grande.

—Entra ahí, intenta poner buena cara y no olvides llamar a Anabel, a ver qué te dice.

—Gracias, gracias.

Un último abrazo y le miro mientras coge aire y entra en la habitación como si no hubiera pasado nada. Encontramos a un hombre hundido y ahora es capaz de sonreír, y tiene un número de teléfono en el que depositar sus esperanzas. Esto merece la pena. Aquí soy útil. Aquí puedo mejorar la vida de las personas, y eso es un subidón mayor que si Beltrán me llamara para decirme que me han dado el *De miss a miss*. Ay, mi menopausia. Que ese tema sigo sin solucionarlo. Ay, que mi cabeza vuelve a ser la mente esa ruidosa que me suele acompañar.

A ver, siguiente paciente: Justa.

Justa tiene más años que un bosque y está desorientada, con ese tipo de alzhéimer que hace que a los cinco minutos de verte te vuelva a preguntar quién eres, pero que recuerda su juventud como el capítulo de *The Big Bang Theory* que yo vi ayer.

Justa es genial. Me cuenta que fue de las primeras mujeres que trabajaron en una mina. Flipo mucho. Vamos, las clases que me dan aquí no las imparten en ninguna universidad del mundo. Abro mucho las orejas, porque las cosas que me dice son oro. Qué digo oro, el oro no vale nada. Esto es la vida misma y no tiene precio.

Pues Justa, cuando tenía dieciséis añitos, trabajaba en una mina de carbón de León, separando en el río la veta de la piedra. Vamos, lo que servía de lo que no. Hasta me canta muy bajito una canción preciosa, como de folclore local, en la que cuenta algo del ruido del río que ponía a los vecinos del pueblo contentos cuando lo escuchaban. Es tan bonito, y es una estampa tan preciosa ver a esta anciana en la cama llena de cables pero sonriendo y cantando mientras mueve la mano como una batuta, que no me canso de oírla.

También me habla de su hermana:

—Era modista, ¿sabes? De las buenas. Trabajaba haciendo vestidos para las señoras con dinero —me hace con los deditos llenos de artritis la señal universal del *money*—, pero cuando llegó la dictadura, pues no se les dejaba a las mujeres trabajar fuera de casa.

Mátame, camión, que la Sección Femenina no era leyenda urbana.

Yo la escucho anonadada, como si estuviera viendo una peli y cualquier ruido pudiera hacer que me perdiera la parte más interesante. Justa sabe captar mi atención, es una gran contadora, así que hace pausas teatrales. ¿Me la como? No, que entonces me quedo sin historia.

—¿Y qué hizo? ¿Dejó el taller?

—A ver, no le quedaba otra…, pero…

Pausa dramática.

—¿Sí?

Justa me coge la mano, me hace la señal de silencio acercándose el dedo a los labios y sus ojos pardos adquieren una picardía que anuncia travesura.

—… Se llevaba el trabajo a casa. Bolsas y bolsas de vestidos. Siguió trabajando desde su casa siempre. Las señoras, que la adoraban porque como modista era la mejor, nunca la delataron. Y así esquivó las normas y lo que no eran normas.

Nos reímos las dos. Qué mujer, qué memoria. ¡Un momento! Con esta memoria, seguro que recordará su menopausia. O la de su hermana, también me vale. Así que me lanzo.

—Justa, a todas estas, ¿cómo llevaste tú la menopausia?

Félix pega un bote. Vaya, no se esperaba este cambio.

—¿Yo? Uy, hija, ni me acuerdo…, anda que no ha llovido.

—Bueno, más ha llovido desde lo de la mina y el taller de modistillas, y bien que me lo has contado. A ver, haz memoria: ¿a qué edad te vino la menopausia?

Félix carraspea.

—Guapa, ¿quieres que te ponga un café? —me dice Justa mirando por la ventana.

Ay, que la pierdo. No, no, Justa. Ahora no. Vuelve, te necesito.

—No, café no. Estamos en un hospital. A ver, recuerda: León, el río, la mina… tu menopausia.

—Sí, el río. Y cantábamos una canción…

—Ya me la has cantado. Ahora quiero que me hables de tu menopausia. ¿A qué años te vino? ¿Sufriste sofocos? ¿Te sentiste vieja de repente? ¿Mantenías relaciones sexuales con tu marido?

Estupendo, ya he entrado en TOC. Esto solo lo para una catástrofe natural que suceda en este mismo momento o Félix, que me coge del brazo y me saca de la habitación mientras se despide amablemente de Justa y yo sigo con el bombardeo de preguntas menopáusicas colando la cabeza por la puerta cuando ya tengo el cuerpo fuera.

—Pero Rita, ¿qué te ha pasado?

—Ay, Félix, que yo creo que me viene la menopausia. Y solo tengo cuarenta y dos, joder. No es justo. Estoy confusa, perdida y vieja. —Empiezan a asomar las lágrimas.

Félix mantiene la calma como él solo puede hacerlo, y me salva la vida, claro. No podía ser menos.

—A ver, calma ante todo. Los nervios no solucionan nada. Solo empeoran las cosas. Mi sobrina Rebeca es ginecóloga. —Mira el móvil—. Ahora mismo está en consulta. Vamos a verla.

—¿De verdad? Gracias, Félix. Que Dios te lo pague con salud, que belleza te sobra.

Se ríe. Y yo también. Estoy de mejor humor, por eso hago chistes. La simple idea de ver a una ginecóloga me parece la solución a todos mis males del presente, pasado y futuro. ¿Ves? A veces soy tonta titulada.

Pasamos a la zona de consultas, con nuestras batas blancas aquí no nos tose nadie, vaya. Félix habla con la secretaria de la ginecóloga mientras yo espero fuera. Abro las orejas, pero no capto nada. Enseguida sale sonriente.

—Te van a pasar ahora. Bueno, yo sigo con la ronda, que aquí no pinto nada. Cuando salgas de la consulta, llámame y yo te digo en qué habitación estoy.

—Vale. Gracias. Adiós.

Me siento en la sala de espera sintiéndome aliviada, nerviosa y un poco joven, a la espera de que me llamen. Cinco. Diez minutos. Joder con el «Te pasan ahora». Ah, que había una señora dentro. En cuanto sale la señora, la secretaria dice mi nombre:

—Elvira Montes.

Me levanto como si mi asiento tuviera un mecanismo con muelle, sonrío y paso a la consulta.

La ginecóloga es una dulce viejoven, ya sabes, que tú notas que es joven aunque por el aspecto parezca mayor, pero vamos, se le ve a la legua que está a muchos años de la menopausia. Qué suerte.

Tiene el pelo corto y rubio, y sus ojos me sonríen tras unas gafas de pasta.

—Hola, Rita. Por fin te conozco. Mi tío te adora. Bueno, te voy a pedir primero unos datos.

En su ordenador apunta mi nombre completo, fecha de nacimiento, enfermedades importantes, operaciones, bla, bla. Y de repente llega a «Fecha de tu última regla».

Pienso un poco y... ¡hace justo un mes!

—¡Pues hace justo un mes! —¡Y oootra vez me pongo a llorar!

Joder, qué vergüenza. Parezco la Loca de Corias delante de esta chica tan fina y tan maja.

—Bueno, tranquila. Mira, te voy a pedir unos análisis para ver cómo van tus hormonas y, después de eso, si vemos que realmente estás entrando en la premenopausia, ya decidimos. Estate tranquila. Hay unos tratamientos hormonales hoy en día buenísimos, la vas a pasar casi sin enterarte.

¡La voy a pasar! O sea, que es verdad. Me da el volante, o sea, que tengo que hacerme los análisis, esperar a los resultados, volver a traérselos... O sea, que esto se alarga mucho y yo no puedo esperar más porque la paciencia nunca fue mi fuerte y OOOTRA VEZ A LLORAR. Casi me sueno los mocos con el volante de los análisis, menos mal que me di cuenta a tiempo y saqué el clínex de la bata.

—A ver, ¿quieres contarme cómo te sientes?

—Fatal. Me siento fatal. A lo mejor necesito un tranquilizante o un antidepresivo...

O una hostia bien dada, eso también.

—Bueno, cuando me traigas los resultados, vamos viendo y ajustando medicación. ¿Desde cuándo estás así?

—Hoy es lunes, ¿no? —calculo entre sollozos—. Bueno, pues la noche del viernes al sábado empezó todo. Mira, unos sofocos nocturnos que no me dejaban dormir. Me mojaba en el baño, volvía a la cama y vuelta a los sofocos. Luego estuve todo el sábado anulada, supongo que también por la falta de sueño. Iba zombi de la cama al sofá y del sofá a la cama arrastrando el edredón como un alma en pena, menos mal que Netflix ayuda...

—¿Qué has dicho? —me corta.

—Netflix. Netflix tiene una gran variedad...

—No, justo antes. —Me mira por encima de las gafas.

—¡Ah! Pues que iba zombi de la cama al sofá.

—Sigue... Arrastrando, ¿qué?

—Pues... el edredón, claro.

—Rita, estamos a mitad de mayo. En Madrid se alcanzan los treinta y cinco grados a la sombra. ¿Qué haces durmiendo con un edredón?

¡Hostias! Es verdad. Mi madre en abril siempre me avisa de que quite el edredón o me lo quita ella el finde que viene a vernos. Este año se le ha pasado y... ¡Hostias, el edredón, qué alegría!

—Es verdad. No lo he quitado. Digo yo que entonces a lo mejor..., ejem... Los sofocos... que es un decir, ¿eh? —Ella asiente—. Que igual el edredón tiene que ver.

—Y que tu última regla haya sido hace justo un mes, entonces, quizá significa que estás en pleno síndrome premenstrual y de ahí los llantos y los dramas, ¿puede ser?

—Eh… Sí, claro. Puede ser.

Madre mía, qué vergüenza. No sé si estaba peor antes cuando era menopáusica o ahora que soy joven pero inframental total. Bueno, no, estaba peor antes seguro. Joder, tengo que salir de aquí lo antes posible.

—Bueno, pues encantada. —Agito en la mano el volante de los análisis que no me voy a hacer—. Vuelvo en cuanto tenga los resultados. Gracias y adiós, ¿eh? Un beso a tu tío. Ah, no… que le veo ahora. ¡Ja, ja, ja! Adiós, adiós.

Salgo de la consulta casi corriendo. Voy a pasar veloz como el rayo al edificio de las habitaciones y entre puerta y puerta me da una corriente de aire que me provoca un estornudo que hace explotar de repente una MARAVILLOSA Y ABUNDANTE regla, tan maravillosa y abundante que me tengo que mirar el pantalón para asegurarme de que no estoy manchada ni empapada. ¿Sabes eso de que estás con la regla y estornudas, y te sale tal cantidad que te ves a ti misma manchada de la cabeza a los pies como en plena Tomatina de Buñol? Bueno, a lo mejor esas imágenes solo las fabrica mi cabeza, pero de repente me visualizo: «¡Toma tomatazo!», «¡Toma tú!», y yo con camiseta de tirantes, roja entera con el pelo pringoso de tomate dando bastante pena. ¡Pues así me sentí!

Madre mía, la que debo de tener montada. Tengo que ir a casa corriendo a ducharme, cambiarme y ponerme un támpax porque soy joven, joder. Pienso en todas las cosas que ahora sí voy a poder hacer… Bueno, a ver, lo de la orgía, el flequillo de Amélie y Pitingo eran ejemplos, ¿eh? No tiene por qué ser tal cual, al pie de la letra. Le dejo un wasap a Félix diciéndole que me tengo que ir a casa; tampoco le doy más explicaciones porque se me cae la cara al suelo de vergüenza.

¿Habrá llegado ya el Satisfyer?

Me meto en el coche feliz, como si hubiera soltado un lastre de varios kilos (a juzgar por el peso que noto en mis bragas, probablemente sea así).

Pongo la radio a tope y pienso «la primera canción que salga es una señal para mí». ¡Hola, TOC! Cuánto tiempo.

De repente, en mi bonito Opel Corsa resuena la potente voz de Freddie Mercury cantando *The Show Must Go On*.

Capítulo VII

Mesalina no es solo una canción

—Toma, nena. Que te ha llegado un paquete.
Antonia me entrega el Satisfyer, que ella no sabe lo que es, vaya, pero yo sí. ¡Ay, qué ilusióóón!
—Ah, muy bien. Gracias, Antonia.
—¿Qué tal vas? Tienes mala cara.
—Uf, es que estaba trabajando en el hospital y me ha bajado la regla —digo orgullosísima—, pero vamos, una regla desproporcionada, ¿eh? No te vayas tú a pensar en una reglita normal, no, no. Así que me he tenido que venir corriendo a cambiarme. Ay, las que tenéis la menopausia ya os habéis librado de esta mierda cada mes… No sabes la envidia que me das.
Antonia se ríe, ajena al infierno mental que tuve encima estos últimos días.
Nada más entrar en casa, abro el Satisfyer. ¡Anda! Veo que debajo del envoltorio está el embalaje intacto de AliExpress. O sea, que a su anterior dueña le llegó desde China, que es donde pensaba pedirlo yo porque era más barato. Pues chica, no sabes lo bien que me viene que lo hayas rechazado y no te hayas dignado ni a abrirlo. Di que sí, tú eres una mujer muy decente y esto es para las que perdimos la decencia y el novio hace tiempo. Lo cojo y lo admiro como si tuviera entre mis manos algo precioso que se

pudiera romper. Parece increíble que una cosa tan pequeña y con un aspecto tan absurdo haya causado semejante revolución, ¿verdad? Ya se me podía haber ocurrido a mí, pero siempre hay alguna que se me adelanta.

Bueno, lo primero es lo primero: entro en la ducha. No tengo prisa porque me ha llamado la madre de Carlos, que si no me importa que ella recoja a Bruno porque se quiere llevar a los niños a comer al McDonald's y que luego por la tarde hagan los deberes juntos, que a Carlitos le han regalado un nuevo juego de ordenador y así lo estrenan. Essstupendo, querida. Que te sea leve, yo me quedo encantada con toda la tarde libre para mí.

Estoy pensando en el Satisfyer en la ducha mientras canto la canción de las tetas de Rigoberta Bandini. Don Moñito pensará que estoy loca si me está oyendo.

Limpia, reluciente, de un buen humor que ni te lo puedes creer y con mi támpax superbién calzado, me tumbo en la cama dispuesta a probar el aparatito. Ay, qué nervios. ¿Será para tanto? ¿Será para menos? ¿Se extinguirá la raza humana como la conocemos hasta ahora por culpa de este aparato con forma de minisecador?

Bien, lo enciendo. Veo que tiene varias velocidades. Le doy a una media, no nos pasemos, a ver si por ansiosa me da una descarga o me pasa alguna desgracia, y que te encuentren muerta en la cama con un Satisfyer chino entre las piernas tampoco es mucho mejor que la opción de la bañera desnucada contra la grifería.

¡Allá vamos! Ay, me ha dado un pellizco. Ay, ay. Otro pellizco. Esto va a ser la intensidad, voy a bajarlo un puntito. ¡Ay, ay, ay! ¿Qué coño es esto? Joder, me pellizca, me hace daño. Ay, tu puta madre, pequeño cabrón. Nada, no hay manera. Cada vez que me lo acerco, pellizco que me da. Pensar que yo tenía la pepitilla como un azucarillo y ahora debe de ser lo más parecido a una chufa me causa una decepción terrible, como cuando fue Rosa a

Eurovisión con *Europe is living a celebration* y nos comimos los mocos. Qué injusto. Con la canción tan festivalera que llevábamos. Qué bien lo hizo, qué tongo debió de haber, qué pellizco me acabo de volver a llevar. FIN. Ya no me la juego más.

Claro, esto pasa por comprárselo a los chinos para ahorrar dos duros, que te lo venden defectuoso. Un día compré un bolso por AliExpress y me vino doblado, tanto que esa raya de en medio ya no se le fue nunca, por mucho que lo llevara a reventar de cosas y planchara el frontal. Si es que los chinos para algunas cosas, bien; para otras, mal. Voy a pedir por Amazon el normal, el caro, que tampoco es tanto, creo que eran unos treinta o cuarenta euros, y me voy a dejar de racanear, que mi vida sexual lo merece, sobre todo porque no existe.

Tanto pellizco me ha creado tal situación de nervios y estrés que se me han cargado los hombros, me duelen los omóplatos, el cuello y sobre todo el hombro que me lesioné hace un par de años en un entrenamiento con Berta haciendo el pino cuando quise ser Halle Berry y me convertí en José Mota.

«Cuánta tensión, por favor», pienso mientras me paso la superficie fría del Satisfyer por las cervicales. Aaah, qué gusto. Oye, igual los pellizcos que me daba debajo me vienen bien arriba. Lo enciendo, lo voy pasando por las cervicales y… ¡pero, bueno!, el cielo debe de ser algo parecido a esto. Rmmm, rmmm, rmmm, rmmm. El aparatito fluye, vibra y masajea mis dolidas cervicales. Cierro los ojos y disfruto, pero de repente llaman a la puerta. No me jodas, Antoñita, que vienes a cotillear a ver qué era el paquete.

Me pongo el pijama veraniego (mayo, estamos en MAYO) y abro la puerta. Y no, no es Antonia. Es el vecino.

—Anda, ¿qué le ha pasado a tu moño? —le digo.

—Nada, que me lo quité. A ver si te piensas que voy siempre con moño por la vida. —Se ríe.

Tiene un pelo bonito, largo hasta cubrirle un poco los hombros, con la raíz oscura y las puntas rubias. A ver, este hombre o se pasa todo el año haciendo surf en Tarifa o se ha puesto unas mechas californianas que serían la envidia de Jennifer Aniston.

—Dime —le digo.

—Nada, que me aburro. Y como oí que estabas por casa...

—Joder, qué vergüenza. El Satisfyer chino hace mucho ruido, si es que parece una aspiradora. ¿Sabrá que lo estaba usando y viene pensando que estoy cachonda perdida? Porque la lleva clara, vaya—. ¿Y Bruno?

Me acaba de preguntar por mi niño, a ver si va a tener razón Antonia y este tío es pederasta o algo peor. A ver si va a ser terraplanista, testigo de Jehová o fan de Andy y Lucas.

—Está en casa de un amigo. ¿Te pongo un café?

Entra mientras mira con atención mi coqueto pisito.

—Si tienes té, lo prefiero. Gracias.

—Poleo, ¿vale?

—Vale.

Mientras caliento el agua, me explica que está muy contento con el piso y que agradece que sea un piso interior, porque le viene bien para sus meditaciones.

—Ah, yo también medito —le digo en plan guía espiritual—, pero a mí me da igual que haya ruido. De hecho, podría meditar en mitad de una explosión, porque hay que encontrar la serenidad dentro, aunque afuera reine el caos.

Toma ya. Esto no se lo esperaba el gurú de pacotilla.

Sonríe y asiente. Está satisfecho de haber dado con una vecina que es una gran maestra espiritual. «Cuando eres buen observador, todo el mundo es tu maestro».

—Oye —me dice mientras toma un sorbito del poleo—, ¿qué es ese tic-tic que se oye?

—Bueno, eso lleva ahí desde que el mundo es mundo. Es el lavabo del baño. Tiene esa gotita cayendo desde siempre.
—A ver, voy a echarle un ojo.
—Pero ¿tú entiendes de eso?
—Claro, soy fontanero.

¿Fontanero? Muero porque no muero, que diría santa Teresa. Qué bien me vienes, hijo. Con la cantidad de ñapas que tengo por la casa, porque tampoco es que Jaime fuera McGyver precisamente. Jaime, mírame, estoy en casa con un hombre más guapo que tú (mucho más) y que encima arregla tuberías, goteras, grifos y lo que le pongas delante.

Abre el armarito que hay debajo del lavabo, saca las toallas y un botecito de champú de Bruno.

—¿Tienes una llave inglesa? —me pregunta.
—Claro. Voy.

Cuando vuelvo a entrar en el baño para darle la llave inglesa, tiene medio cuerpo dentro del armarito. Lleva el vaquero bien puesto y no se le ve la raja del culo. Bah, ya no quedan fontaneros como los de antes.

Le paso la llave inglesa y de repente, la gotita impertinente se calla. Silencio absoluto. Abro mucho los ojos, como si acabara de ser testigo del milagro de los panes y los peces. Él se ríe.

—Nada, era ajustar un poco la llave de paso, que estaba floja. Y listo.

Me dan ganas de abrazarlo, pero no, que voy en pijama de verano y tengo los pezones ahora mismo como timbres de castillo.

—Qué paz de casa, chico. Qué favor me acabas de hacer... Perdona, bueno, que ni nos hemos presentado. Yo soy Rita. —Nos damos dos besos—. ¿Y tú?
—Zósimo.
—Hostiiia, qué nombre tan feo.

De repente se le pone la cara triste. Pobre, debe de estar hasta el moño ese que se ha quitado de que la gente se ría de su nombre. Este hombre habrá pasado un calvario desde el cole. Enseguida me doy cuenta de que he metido la pata. ¡Mi cabeza me la ha vuelto a jugar! Ha llevado mi pensamiento a la lengua sin darme tiempo a pasarlo por el filtro de mi raciocinio y la he vuelto a cagar.

Vale, ya no puedo dar marcha atrás. Rita, eres una mujer de recursos, vamos, piensa pronto, que en peores garitas hemos hecho guardia. Vale, tengo dos opciones: fingir un desmayo o besarlo. Lo del desmayo no lo acabo de ver, porque justo detrás tengo la bañera y me puedo golpear en la cabeza y morir al instante, y caerme haciendo una L invertida para evitar el golpe puede parecer preparado y antinatural, con lo que Zósimo se daría cuenta del teatrillo, así que solo me queda la opción B. Me tiro a su cuello y le meto la lengua hasta el corvejón, que no sé lo que es pero sí sé que se dice en situaciones así.

Contado de este modo parece largo, pero te juro que todo esto me ocupó menos de un segundo. Desde el «Qué nombre tan feo» al morreo no pasaron ni cinco segundos. Fue tan seguido que seguro que ni le dio tiempo a ponerse triste de verdad, porque antes de que se diera cuenta ya estaba morreándose conmigo como si no hubiera un mañana.

A ver, el morreo está durando más de lo normal, pero si me separo de él, igual sigue acordándose de que su nombre es feo, y eso no lo puedo permitir porque fue culpa mía y es mi responsabilidad borrar la metedura de pata con todas las armas a mi disposición.

Zósimo se anima y me coge una teta. Seguimos ahí en pleno morreo, ¿esto no se va a acabar nunca? Que no te digo que esté mal, porque él lo hace muy bien y es muy agradable un morreo como Dios manda, con las lenguas blanditas, no como Jaime, que cada vez que me daba un beso con lengua la ponía dura como una puntita de lanza, tiesa, y ahí poco margen de maniobra me dejaba.

Bueno, pues con la tontería llevaremos unos diez minutos de morreo, pero todavía veo precipitado pararlo, a ver si me suelta «Me has hecho daño con lo del nombre». Anda, pero si estamos en la puerta de mi habitación. Anda, pero si me está empujando marcha atrás muy despacito hacia la cama. Anda, pero si ya estamos encima de la cama. Bueno, ¿y qué? Esto surgió de manera espontánea, es bonito. No está bien rechazar los regalos que nos hace la vida, a ver si luego se enfada y nos castiga, que la vida es muy suya para según qué cosas. Todo pasa por algo. Además, follar está bien. Conoces gente y tal.

De repente recuerdo dos cosas: que el Satisfyer defectuoso está encima de la mesita, ahí a la vista, y que estoy con la regla. Zósimo está encima de mí. Con una pequeña pirueta mía fingiendo un arrebato de pasión leonina, ¡alehop!, ya lo tengo debajo. Entonces separo mi boca de la suya muy poquito, lo justo para decirle:

—Oye, voy a mirar el calendario porque juraría... —Extiendo la mano hacia la mesita. En una rápida maniobra propia de Houdini, guardo en el cajón el Satisfyer de mierda que me ha tocado y cojo el móvil—. A ver, deja que mire el calendario. —Voy pasando pantallitas en el teléfono—. ¡Exacto! Hoy es el día que me viene la regla. De hecho, ya la tengo, así que supongo que de aquí no puedo pasar.

Esto lo digo con pena de verdad, no te creas. Qué mala suerte, para una vez que iba a echar un polvo real, no de la imaginación ni con un aparato de China, va y me baja la regla, que bendita sea por otro lado, pero vaya, que puestos a elegir, podría haber esperado un poco y entonces...

—¿Y? —me interrumpe.

—Pues hombre, que la regla es un poco marranada, porque ponernos a... a esto, ya me entiendes.

—A mí me da igual, es sangre, es algo natural. —Tiene razón, es sangre, ni que fuera caca—. Es sangre totalmente sana y normal. Pon una toalla encima de la cama para no manchar el edredón este, que por cierto ya es hora de que lo quites, yo me pongo un condón y listo. ¿Dónde está el problema?

—No me puedo creer que ya hayas venido con un condón en el bolsillo. Tú eres un poco jeta, ¿no? Pues ahora no me da la gana de…

—No, no tengo ningún condón en el bolsillo, pero tú tienes unos cuantos en el cajón de la mesita. Los he visto cuando has guardado el Satisfyer.

Hostia, qué vergüenza. Sí, eran de Jaime. Es decir, son míos pero los compré para usarlos con él durante los seis meses de desahogo de la píldora. Siento un pequeño hormigueo de satisfacción al darle uno de los condones que estaban destinados a mi ex. ¡Muajajajaaa! Qué dulce el sabor de la venganza. Heme aquí, a punto de echar un polvo de verdad con un vecino fontanero que tiene el pelo de Jennifer Aniston.

Pues dicho y hecho, pongo una toalla oscura encima de la cama y… hasta aquí puedo leer. No voy a dar detalles, porque si quisieras detalles estarías leyendo *Cincuenta sombras de Grey* en vez de leerme a mí. Por cierto, yo vi la película y solo me puse cachonda cuando salió el vestidor aquel lleno de zapatos. Tengo ganas de que esto termine ya para poder decirle a Berta: «Berta, que yo también… Ya sabes, como un cajón que no cierra».

Ay, Jaime, si pudieras verme se te iba a caer la cara al suelo, de rabia y de vergüenza, porque Zósimo es mucho más creativo y original que tú en la cama. Y me habla mientras lo hacemos, así con la voz grave y ronca, y también… ¡Basta! El resto lo dejo a tu imaginación, no tengo por qué dar detalles.

Lo único que te digo es que lo que hay en tu imaginación

es ficción y teniendo en cuenta que la realidad siempre supera a la ficción…, pues imagínate la que liamos.

Ay, Rita, que no hace ni unas horas estabas con Justa en la habitación escuchando la canción del río y los vecinos, y ahora mírate, convertida en Mesalina. A veces, más es más.

Ay, Rita. Quién te ha visto y quién te ve.

Capítulo VIII

Soy una delincuente.
¡Vivan las fuerzas del orden!

Estoy aprendiendo muchísimo de Zósimo. Después del polvete le entró una diarrea verbal que eché de menos que aún no hayan inventado el Fortasec mental. Bueno, a lo mejor el porro de marihuana que nos fumamos influyó. Como te lo cuento. Mi fontanero mechado (de mechas) se puso a hacerse un porro y yo di un bote. A ver, enseguida pensé que yo lo que no puedo es beber alcohol, pero ¿unas caladas? Vamos *palante,* ¡hombre ya! Que la vida es corta y yo todavía llevo puestas las largas. Eso sí, el olor a tabaco en casa no lo soporto.

—Oye, esto en casa no.
—¿Por qué?
—Porque luego huele todo y en unas horas llega el niño. Que no.
—Bueno mujer, lo fumo en el balcón.
—Vale… Yo también le doy un poco si eso. Y saca bien la cabeza *pa* fuera, que por poco humo que entre, se nota. Que no lo aguanto, ¿eh?

Que me entra el TOC, me vuelvo *to* loca y te arranco la cabeza como a una gamba, me faltó decirle.

Pues lo fumamos en el balcón, alegres y vigilantes, no fuera a ser que Antonia saliera a la calle, levantara la cabeza y nos pillara in fraganti, que parecíamos John Lennon y Yoko Ono pero en guapos. Yo nunca he sido de porros, me dan mareo como de barco, pero esta vez..., mira, ¡qué bien me sentó! A lo mejor fue el polvo, que te hace segregar unas endorfinas que, unidas a las moléculas marihuaneras, consiguen un efecto de lucidez y comprensión absoluta del universo, la teoría del caos y el auge del *trap*.

Zósimo me explicó que el aleteo de una mariposa aquí mismo puede provocar un terremoto en el otro extremo del mundo. FLI-PA. Es decir, aquí menos es más, está clarísimo. Es algo así como las fichas de dominó que van cayendo, pero a lo bestia.

Estuvimos un buen rato (no sé, cinco minutos o un par de horas) hablando del cambio climático, que es algo que a Zósimo le tiene en un sinvivir. Incluso me puso en el ordenador los momentos más interesantes de *Before the Flood,* que es el documental que DiCaprio tardó dos años en grabar. Y si lo ves, te cambia totalmente el concepto de la vida, pero si vas *emporrao,* mucho más, dónde va a parar. Lo del aceite de palma (¡veneno!) ya lo sabía, pero no veas los lagrimones que me caían al ver cómo unos hijos de puta (bueno, ellos no, sus jefes) se dedican a talar y talar y seguir talando el Amazonas por el maldito aceite de palma, que les sale baratísimo, ellos se forran, el Gobierno consiente porque también triunfa y a nosotros nos lo meten en galletas y hasta comida de bebés, mientras dejan a los orangutanes de Sumatra sin casa. De repente, eran todo jaulas y jaulas, unas apiladas encima de otras, llenas de monitos agarrados a los barrotes. Horrible.

Luego vimos cómo se derrite la Antártida, entonces el nivel del mar sube y resulta que hay islas enteras que ya han desaparecido. Mierda, me voy a morir sin conocer las Maldivas. Menos mal que en Tenerife sí he estado, algo es algo. Luego salen unos expertos y nos avisan de que el mundo se va a acabar, bueno, es más extenso pero lo resumo. Seguid, seguid contaminando con vuestros coches, que tendremos que irnos a vivir a la cara oculta de la luna y allí no hay Mercadona. Es más, igual no hay ni oxígeno.

Después nos pusimos otra vez cachondos y echamos otro polvete, normal, había que compensar tanto horror de cambio climático. Y yo creo que todavía nos duraba el efecto de la marihuana, porque después no paramos de descojonarnos: él se puso a imitar a Mario Vaquerizo con los pelos por la cara y metiendo los mofletes *pa* dentro, y yo le imité a Lady Gaga y a Lola Flores. Saqué un mantón de San Isidro que llevaba guardado desde el año en que reinó Carolo y me lo puse en la cabeza. Hasta tuve *güevos* de buscar en YouTube mi intervención estelar en el programa de Nochevieja de hace dos años y vimos varias veces el momento en el que el pendiente tipo lámpara del palacio de Luis XV se me cayó al suelo y yo me agaché y parecía que estaba haciendo pis en el campo. Mira, qué risa. A mí me dolía la mandíbula. Cada vez que salía la imagen en la que me agachaba, Zósimo hacía el ruido del pis con la boca, incluso una vez se levantó y abrió el grifo que ya no gotea para que los efectos especiales fueran más convincentes. Mira, qué descojone. Hacía tiempo que no me reía tanto.

Cuando ya se normalizó un poco la cosa, llamé a la mamá de Carlos (tengo que preguntarle a ella cómo se llama, acabo de darme cuenta de que no lo sé) y me dijo que me traía a Bruno de vuelta en una horita. ¡Vamos, orden, orden! Ventilamos toda la casa, guardamos todas las cosas que habíamos sacado para disfrazarnos durante nuestros números musicales, y hasta le dimos a la escoba y la fregona. Había que dejar aquello como los chorros del oro, borrando todas las huellas del delito. Una ducha más y listo. Me sequé el pelo hasta que se quedó churruscado como el de la bruja Lola, pero es que Bruno es muy avispado y no podíamos dejar ningún cabo suelto: un mechón de pelo un poco húmedo podía darle a entender que algo raro había pasado, los críos son muy suyos con las rutinas, cualquier cosa les descoloca y sospechan. Y más el mío, que es muy pero que muy espabilado.

Convencida ya de que Zósimo era fontanero y no pederasta, no me importó que se quedara hasta que llegara Bruno. Planeamos hacer una tortilla para cenar, eso sí, había que montar la mentira bien montada, así que en cuanto sonó el timbre de casa, Zósimo se metió con la llave inglesa debajo del lavabo y yo abrí la puerta disimulando mi euforia (el sexo es lo que tiene, que te da euforia), fingiendo cara de aburrimiento, como si llevara toda la tarde viendo *Bricomanía* en vez de haber tenido maratón de sexo, drogas y Lola Flores. Yo seré ex *miss* y presentadora, incapaz de hacer monólogos, vale, pero como actriz tengo un talento por descubrir que el día que salga a la luz, va a arder Troya, te lo digo.

—Hola, cariño. —Le di un besito rutinario mientras me masajeaba un poco el cuello, como si estuviera dolorido de una mala postura después de dos horas en el sofá.

—Hola. ¿Qué es ese ruido?

—Ah, nada. El vecino, que es fontanero y lleva ahí un rato dale que te pego a ver si arregla la gotera.

Dale que te pego sí es verdad que estuvo, pero toda la tarde, vaya. Euforia, euforia. Hay que buscar la euforia, copón, aunque eso suponga hacer una pequeña canallada de vez en cuando. Como un cajón que no cierra, igual.

Bruno corrió entusiasmado al baño, es muy sociable el motor de mi vida, le encanta tener gente en casa, siempre que la gente no haga «eso tan asqueroso» con su madre, claro.

—Hola, tío.

Zósimo sacó la cabeza del armarito y se dio un cabezazo con el lavabo. No te pongas nervioso, que nos descubre. Finge. En las películas siempre sale bien.

—Hombreee, ¿qué pasa, campeón?

Chocaron los puños. Estos códigos secretos entre machos de la misma especie me sorprenden siempre.

—Pues bien. Carlos tiene el nuevo FIFA. Mamá, lo quiero. —Me mira y yo asiento. Hoy le diría que sí a todo, como si me pide el colchón de la Moncloa de Pedro Sánchez, pues también le digo que sí—. Los deberes los hemos hecho rápido y mal, pero el FIFA es una pasada. ¿Cómo te llamas?

—Zósimo.

—Vaya, lo siento, tío. Te entiendo, yo me llamo Bruno.

Se encogen de hombros a la vez y vuelven a chocar los puños.

—Bueno, voy a hacer una tortilla. ¿Quién me ayuda?

Se vienen los dos.

—Uy, ya no se oye la gotera. —Le guiño un ojo a mi amante secreto.

—Y no se oirá nunca más.

Guiño de ojo devuelto.

Jo, estoy más tonta… No me duele ni la regla, fíjate.

Cuando estamos sacando los huevos y las patatas, suena el timbre. Será la mamá de Carlos para darme algo que Bruno se ha dejado en el coche, así de paso la saludo por su nombre.

—Bruno, ¿cómo se llama la mamá de Carlos?

—Se llama Suceso.

Vaya por Dios, menudo día que llevamos.

Abro la puerta y mátame, camión. Allí no está Suceso, sino dos polis con sus uniformes y todo. Y uno, encima, está como un cañón de infantería.

—Díganme.

Tengo que fingir un poco de susto y sorpresa pero me cuesta, es que hoy ya no me extraña nada. Vamos, aparece Rocíito y la saludo con dos besos.

—Buenas noches, señora.

—Bueno, casi buenas tardes mejor, ¿no? ¡Ja, ja, ja! Ejem, díganme.

Se miran con cara de «Esta hoy ha *follao* y ha fumado droga».

Rita, disimula. Si no te ha pillado tu hijo, no te van a pillar estos dos, que son más tontos que él seguro.

—Verá, señora, no sé si se ha dado cuenta de que tiene un nuevo vecino.

No, qué va. Todavía me tiemblan las piernas y no me he dado cuenta, claro, claro.

—Ah, pues… he oído alguna vez la puerta de al lado, sí, pero no sé más.

And the Oscar goes to…

—Bien, desde hace cosa de un par de semanas tiene usted un nuevo vecino. —Gracias por la información. Tendré que ir a presentarme… A ver, empiezo a mosquearme. Aquí algo huele mal y no viene de la cocina—. El propietario de la vivienda, don Ramiro, se ha puesto en contacto con nosotros. Él no ha cedido ni alquilado su piso a nadie, pero le han avisado de que se ven encendidas las luces con frecuencia.

—¿Qué me dicen? O sea que…

—Señora, aquí al lado tiene usted a un okupa.

Me tapo la boca ahogando un gritito. Estoy tan metida en el papel que ya no sé si finjo porque es lo que tengo que hacer o si realmente estoy flipando porque Zósimo es un fuera de la ley.

—¿Usted le ha visto? ¿Podría facilitarme una descripción del individuo?

El cañón de infantería saca una libretita. Aparece Bruno como un torpedo.

—¡Yo! ¡Yo le he visto, agente! Yo puedo…

—Bruno, cariño. Entra dentro y deja de interrumpir. Esto es muy serio.

—Pero mamá, lo que están diciendo…

—Que entres y nos dejes hablar.

Le pongo la mano en la cabeza y le hago girar 180 grados rumbo a la cocina.

—No, déjenos hablar con el niño —dice el compañero del cañón de infantería—. A ver, cuéntanos, ¿has visto al nuevo vecino?

—Sí, claro. —Bruno timidillo.

Tengo el corazón a mil. Le va a delatar y de paso nos delata a todos y terminamos toda la familia en la cárcel, incluidas mi madre y la tía Conchi. Seremos los *Peaky Blinders* de Albacete.

—Vale, ¿cómo es?, ¿te acuerdas?

Tensión, tensión. Me tiemblan las piernas.

—Es un señor bajito, un poco gordo y medio calvo.

¡La madre que lo parió! Ahora van a detener a Danny DeVito, lo estoy viendo.

—Ajá. Nos estás ayudando mucho. ¿Sabrías decirme más o menos la edad?

—Un poco viejo. Así, como mi madre.

Tócate los cojones.

—Muy bien, lo has hecho fenomenal. Señora, si alguna vez lo ve…

—Sí, tengo cuidado, que igual es peligroso. —Se me escapa una risa tonta.

Es que sigo tonta, tontísima.

—No, nos avisa inmediatamente.

Aquí veo yo una oportunidad inmejorable para hacerme con el teléfono del cañón de infantería, que es el que está preguntando. Ay, Rita, que te acabas de tirar a uno y ya te está gustando otro. Gracias, Jaime. Gracias, Vanessa de culo florido, estoy descubriendo una nueva dimensión de la vida.

—Ah, yo le aviso a usted. Por supuesto. A ver, déjeme su teléfono y yo ya le pongo un wasap. —Saco el móvil.

—No es necesario, señora. Llame al 091.

Vaya.

—Yo creo que sería más rápido y efectivo llamarte a ti directamente.

He pasado del «usted» al «tú» con una alegría que ni Paquito el Chocolatero.

—No, usted llame al 091.

—Permíteme que insista. —Matías Prats tiene mucha credibilidad, esto tiene que funcionar. FI-JO—. Tú me das tu teléfono y en cuanto vea al okupa, te llamo, vienes, lo capturas y luego por wasap ya me cuentas qué tal te van las cositas.

—Señora, por favor, que estoy de servicio.

—Claro, claro.

Qué vergüenza. Menos mal que Bruno ya entró a la casa, si no, me está reprochando esto un mes.

—Bueno, pues estaré atenta. Gracias.

—Gracias a usted. No deje al niño subir y bajar en el ascensor solo, con esta gente nunca se sabe.

—Por supuesto. Gracias —digo mirando fijamente al cañón de infantería antes de cerrar la puerta; Mesalina ahí saliendo de nuevo desde mis más oscuros confines.

Vaya día, Port Aventura al lado de esto es un documental coñazo de La 2.

Me apoyo en la puerta, un poco desbordada.

Zósimo y Bruno asoman las cabezas por el pasillo.

Comienzo a hablar, quiero ser firme, contundente, pero lo único que me sale es:

—A ver, uno de los tres es un okupa y no soy yo.

Con cara de susto, Zósimo levanta la mano.

—Presente.

Y Bruno añade:

—Mamá, tienes que cambiar las varitas de incienso. Estas que tienes huelen a marihuana.

Capítulo IX

Qué bien que siempre haya un roto para un descosido

Estamos en el salón. Los miro a los dos, pero está claro que lo que digo va por Zósimo.

—A ver..., como no queremos más sorpresas, si alguien tiene algo que decir que debamos saber, pues que hable, por favor.

Silencio. Se miran entre ellos.

—Bueno, por ejemplo, tú, Zósimo. —No me acostumbro a esta mierda de nombre, la verdad—. Resulta que eres okupa. ¿Algo más que añadir?

—No. Bueno, sí. También soy tuno. —Baja la mirada avergonzado.

—¿Tuno?

—Sí, es que es oír una pandereta y me vuelvo *to* loco, tía. ¿Te canto *Clavelitos*?

—No, no. Por favor. Eeeh... —Quiero decir algo serio, poner orden, pero no se me ocurre nada—. O sea, okupa y encima tuno. Bueno, pues... no sé, haber avisado, ¿no?

De repente suena el timbre de la puerta. No el telefonillo de abajo, no, el timbre de la puerta.

Bruno, Zósimo y yo parecemos virus de laboratorio corriendo lo más rápido que podemos en silencio, lo que provoca un montón de tropiezos con sillas, puertas y demás mobiliario aderezados con «ay», «quita», «shhh». Joder, la poli. Que vuelven. Soy una delincuente, me van a pillar con el carrito del helado, es decir, con un okupa en mi casa, que, por cierto, ahora mismo está escondido dentro de la bañera. Bruno acaba de cerrar la mampara, pero se ve la sombra. Ay, madre. Soy la cómplice, creo que la figura jurídica es «cooperador necesario» y debe de estar penado con multa gorda, cárcel y ayuno o algo peor.

—¡¡¡Shhh!!! Quietos y basta de hacer ruido. Bruno, sal conmigo, pon cara de bueno. Un niño siempre conmueve a las fuerzas del orden. Y tú, quieto ahí, ni te muevas. —Cojo aire y levanto la cabeza—. Sin una orden judicial, aquí no entra ni Isabel Gemio en la vuelta de *Sorpresa, sorpresa*.

Es verdad, sin una orden judicial no pueden entrar. Envalentonada con esta nueva idea y más chula que un ocho, abro la puerta cogiendo de la manita a mi pequeña flor de loto, agarrada como Rose a la tabla en *Titanic*.

Hostias, que no es la poli. En la puerta está Antonia temblorosa.

—Ay, ay, Elvirita…

—Que no me llames Elvirita, coño. Que soy Rita.

—Ya, reina, perdona. Es que como en todas las cartas que llegan ponen Elvira… pues se me va, a veces. Ay, Rita. La poli. Que ha estado aquí.

Se agarra al marco de la puerta y me dan ganas de cantar lo de «Apoyá en el quicio de la mancebíaaa…».

—Habla bajo, que se van a enterar hasta los del mesón. Entra.

Antonia entra hasta el salón. Bruno va a por el tuno, que debe de estar el pobre hecho un ocho en la bañera.

—Antonia, han estado aquí también. Ya lo sabemos todo. ¿Tú qué les has dicho?

—¿Yo? ¡Nada! No me he atrevido. Es que mi Mario, que en paz descanse, me dio muy mala vida, cariño. Ya sabes, la botella…

—Qué me vas a contar—. Lo de la policía en casa era un día sí y otro también. Así que al verlos he tenido un *déjà vu;* se dice así, ¿no? —Asiento—. Y me he quedado en la puerta callada, como tonta. Yo creo que se me vinieron de golpe los malos recuerdos del pasado y no reaccioné. —Se empieza a colocar las guedejas de pelo que se le han escapado del moño—. Así que, ahora que ya estoy más tranquila, hay que llamar y avisar de que somos conscientes del peligro que estamos sufriendo, decirles que cuenten con nosotras y, en cuanto aparezca el delincuente del moño, avisar al 091 y que se lo lleven a la cárcel directo.

El delincuente en cuestión acaba de aparecer en el salón. Antonia da un respingo y se le escapa un gritito.

—Mujer, no se asuste, que soy delincuente pero poco.

Tengo que intervenir.

—Antonia, te presento a Zósimo.

—Criatura, qué nombre tan feo con lo guapo que eres.

—Ya se lo he dicho yo. Bueno, a ver, Zósimo es okupa, tuno y fontanero.

—¿Eres tuno, cariño?

—Sí. —Sonríe mucho, muchísimo—. Yo estudié Derecho y pronto me di cuenta de que me iba más la pandereta que lo penal. Así que me uní a la tuna de la Complutense. Soy pandereta principal y hago las segundas voces. ¿Te canto *Clavelitos*?

—No, tú no le cantas nada. A ver, vamos a hacer un plan. Antonia, no podemos delatarlo. Míralo, sin su moño es buena gente. ¿Qué culpa tiene él de acabar como acabó? Pues bastante desgracia es ya tener que andar forzando cerraduras, sin nada que comer. Vivir cual forajido solo por este injusto sistema que la vida nos ha impuesto. —Voy lanzada, qué bien me vendría ahora mismo un atril y tres mil personas de público escuchándome en silencio—. Los que hemos tenido la suerte de tener una existencia digna, acorde con nuestras necesidades, tenemos el deber moral de ayudar a quien, por situaciones que no vienen al caso, viven en desventaja. ¿Quién soy yo para decidir el destino de este hombre? —Señalo a Zósimo, que da un pequeño bote—. ¿Quién soy yo para acusar? ¿Acaso soy yo el guardián de mi hermano? —Ay, no, esto es de la Biblia, aquí me he colado—. Unamos nuestras fuerzas en pos de la verdad y la unión de los pueblos. —Me he venido arriba totalmente, ya me he subido de pie al sofá y desde ahí prosigo—. Vivir en democracia, en un Estado de derecho, es lo que nos permite aplicar justicia en un caso que lo merece, como este. —Y tanto que lo merece, el polvo fue épico, así que, oye, qué menos—. Así que puedo proponer y propongo crear aquí mismo una alianza que proteja al sujeto de los agentes de la ley y, de paso, de la ley de la calle. Propongo…, eeeh…, propongo un Comando en Cadena de Asistencia al Desamparado. Nuestra misión será la siguiente: Antonia, tú tendrás mi número en el primer lugar en la agenda. En cuanto los maderos entren en el portal, me marcas con disimulo y los entretienes unos pocos minutos, los justos para que mi móvil suene, yo oiga tu conversación de espía en acción y Bruno salga corriendo a llamar a la puerta de Zósimo. ¡Bruno! —Le señalo y se cuadra haciendo el saludo militar. Esto está quedando que te cagas—. Tu misión será avisar al delincuente y, con el mayor sigilo posible, acompañarlo hasta este nuestro hogar y ayudarlo a introducirse en la bañera, el armario o cualquiera que sea el lugar que se decida para el propósito de esconder su cuerpo. —Joder, ni que fuera un cadáver. Fuera, lo del cuerpo no me ha quedado nada bien—. Su cuerpo vivo y bien guapo, quiero decir, claro. —Ahí todos sonríen—. Bien, como esto es una democracia, votemos pues y se hará en consecuencia lo que decida la mayoría total en primera ronda o la mayoría simple en segunda ronda de votaciones. —¿Qué digo? No sé, pero están impresionados y yo me siento Eleanor Roosevelt—. Bien, ¡que levanten la mano los que están a favor del… esteee… del Comando de Liberación de los Injustamente… Acosados por la ley!

Todos levantamos la mano enseguida. Sonrío satisfecha, aunque no sé muy bien cómo hemos llegado a esto.

—Bien, el Comando este que os dije y el plan de acción quedan aprobados por mayoría.

Como no tengo mazo, me agacho y doy un puñetazo en el reposabrazos del sofá. Todos aplaudimos y nos abrazamos eufóricos.

—Bueno, os doy las gracias de corazón, estoy emocionado. —El tuno-fontanero se seca una lágrima del ojo derecho—. Para vuestro alivio, deciros que esta difícil situación solo se prolongará hasta dentro de tres semanas, que ya me dan las llaves de mi piso.

¿Qué piso?, ¿qué dice?

—¡Bieeeen! ¡Yuhuuu!

Volvemos a aplaudir y abrazarnos. Entonces el motor de mi vida toma la palabra:

—Mamá.

—Tiene la palabra el bajito del fondo. Dime, cariño.

Yo sigo de pie en el sofá.

—Que digo yo que, si solo son tres semanas, en vez de jugárnosla y que terminéis Antonia y tú en Alcalá Meco y yo con la abuela en Albacete, bien podría quedarse Zósimo aquí en casa tranquilamente.

—Pero bueno, ¡cómo me dices esa barbaridad! ¿Cómo vamos a cometer el delito de dar cobijo permanente a un okupa?

—Ya... Es que si vive con nosotros ya no es un okupa. Es un invitado. Y digo yo que problema resuelto.

Este crío es la hostia en verso. Qué listo. Cómo se nota que salió a su madre, porque esta es una idea tan digna de mí que me extraña que no se me haya ocurrido antes que a él.

—Pues también es verdad. Bien, como estamos en una Democracia bla, bla y el Comando bla, bla y todo eso, que levanten la mano los que estén a favor de que el okupa resida en esta casa las tres próximas semanas, perdiendo así su título de delincuente y pasando a formar parte de la sociedad compuesta por gente como Dios manda.

Zas, las cuatro manos se alzan de nuevo a la vez. El puñetazo esta vez lo doy con la otra mano, que antes me hice un poco de daño.

—¡Queda aprobada la moción! Zósimo, bienvenido a tu nuevo hogar.

Hala, hala. Más jolgorio. Esto ya es el éxtasis de aplausos y felicitaciones. ¿Qué más da el ruido? Si viene la poli, Zósimo ya es un inquilino de pleno derecho. Qué listos somos, coño. Me dirijo a Antonia, que está visiblemente emocionada.

—Mira, este chico, aparte de tuno, es fontanero. Podrá ayudarte con las tuberías, las goteras y cualquier ñapa que tengas en tu casa sin miedo a que venga ninguna patrulla. ¿A que sí, Zósimo?

—Hombre, por supuesto. A ver, fontanero, fontanero no soy. Yo soy abogado, pero me he visto muchos tutoriales de YouTube, así que tan pronto te ajusto la llave de paso como te cambio la bombilla o te cuelgo un cuadro.

—¿Y esto por qué, si eres abogado?

Cada vez entiendo menos la vida.

—Porque no ejerzo de abogado, no me gusta. Hay que defender a cada delincuente que no veas, y yo por ahí no paso. Así que prefiero dedicar el tiempo a ayudar a quien de verdad lo necesita. Aprendo a arreglar ñapas y colaboro con Mensajeros de la Paz, que me llaman cada vez que una familia sin recursos tiene una inundación, una cerradura que no va o un armario que no cierra. El padre Ángel es la hostia de buena gente.

Antonia se lleva las manos al pecho, emite un sollozo y dice:

—¡Hijo de mi vida! ¡Eres el hijo que nunca tuve!

—Pero Antonia, qué dices, si tienes tres…

—Sí, pero como este, ninguno.

Se acerca a él y le hace desaparecer en un burruño de abrazos, bata, pechuga, achuchones y besos. Madre mía, a ver si lo ahoga. Las tetas de Antonia serían consideradas armas letales por el Mossad si tuvieran conocimiento de ellas.

Bueno, pues todos estamos muy contentos. Antonia, que vive en el bajo, se lleva a nuestro nuevo inquilino del brazo para que le arregle un enchufe y una persiana que dice que no van.

Yo miro fijamente a los ojos a mi amante-okupa-tuno-abogado-fontanero y le digo:

—Me siento muy bien. Aquí no te va a faltar de nada. La vida es injusta. No te mereces ser pobre.

—¿Pobre? ¿Qué dices? Si mis padres están forrados, tía. Lo que pasa es que mi madre ha dicho que está hasta los cojones de tenerme en casa, que con treinta y siete años ya era hora de que me largara y me han comprado un ático en Puerta de Hierro, pero no me dan las llaves hasta dentro de tres semanas. Y, chica, me ha sentado fatal que mi propia madre me largara con esos modos, así que decidí, por dignidad, no esperar esas tres semanas en la casa familiar, y luego también decidí, por convicciones, no hacer el juego a este sistema capitalista yéndome de alquiler, que te piden no sé cuántas nóminas, actas de nacimiento y mil papeles. Que le den por culo al sistema y su burocracia. Así que me metí aquí de okupa porque don Ramiro pertenece al Club de Fumadores por la Tolerancia, del que también es socio mi padre, quien por cierto le guarda las llaves para que nuestra asistenta venga a regarle las plantas de vez en cuando. Así que las cogí y entré en el piso, pero ahora vivo aquí, con vosotros.

Fantástico resumen. Ya decía yo que esas mechas eran de peluquería cara. Tengo que pedirle el número de su peluquero, por si algún día me hago amiga de Jennifer Aniston.

—Ya, bueno, millonario o no, estabas en peligro de cárcel y subsistencia. Aquí encontrarás apoyo y calor de hogar estas tres semanas. Hala, vete con Antonia a lo de la persiana que yo mientras voy haciendo la cena.

Les acompaño a la puerta mientras Antonia, parlanchina como siempre, no le suelta el brazo y le explica lo poco mañoso que era su Mario con las cosas de casa. Antes de salir al descansillo, Zósimo me da una palmadita en el culo con disimulo, me guiña un ojo y me dice:

—Cuando estabas de puta jefa, ahí encima del sofá…, me pusiste, tía…, pff…, como una moto. Te voy a dar estas semanas como un cajón que no cierra.

¡Como un cajón que no cierra!

A ver si me he encontrado con la horma de mi zapato y yo sin saberlo.

Estoy dándole vueltas a este pensamiento, cuando él me roza muy suavemente la mano con un dedo y me susurra al oído:

—Tú, quédate conmigo.

Me pongo chulita y le contesto:

—Tendrás que encargarte de que merezca la pena.

Sonríe y asiente con cara de pervertido feliz. Se va con Antonia y yo me quedo embobada mirándole el culo.

Lo dicho: la horma de mi zapato.

Capítulo X

En ocasiones me hago trenzas

Nada más ducharme, después de dormir como una rosa gracias a los beneficios del sexo, decido que voy a cambiar el mundo empezando por mí misma, porque tienes que ser el cambio que quieres ver en el mundo, si no, apañados vamos. El documental que vi con Zósimo y su preocupación me han hecho abrir los ojos a esta realidad que va a acabar con nosotros si no la frenamos. Nos estamos cargando el planeta. Madre Natura, perdónanos. Danos otra oportunidad. Quiero ser amiga de Greta Thunberg, viajar con ella en tren o en catamarán y mirar a cámara diciendo: «¿Cómo os atrevéis?», porque la cosa no es para menos. Quiero hacer equipo con Greta y viajar al Ártico a charlar con Leonardo DiCaprio, pero por el momento, me conformo con ponerme dos trenzas, los pantalones *cagaos* que me trajo Berta de Los Caños de Meca y no me puse nunca, y unas alpargatas de corcho o esparto o lo que coño sea para llevar a Bruno al cole. A ver cómo remato el *look* perrofláutico, porque el bolso de Guess me queda como a un santo dos pistolas.

Revuelvo en el armario hasta dar con la mochila que me compré para el *ashram* de Segovia en el que estuve hace un par de años. Bueno, mochila, a ver, digamos que es una especie de fardo colorido sujetado por dos cuerdas tan largas que hacen que el fardo en sí, en vez de sostenerse a la altura de la espalda, quede caído muy abajo. Ahora parece que tengo dos culos. A ver cómo solucionamos esta movida, que me jode todo el invento. Vale, le doy la vuelta y lo llevaré como a un bebé, además así evito que me roben, que está Madrid imposible. Hago unos nuditos a las correas para acortarlas, todo muy rústico, muy bien, y por fin consigo el ansiado efecto cangurito.

Me miro al espejo antes de salir de casa y lo cierto es que el rollo *hippy* está totalmente conseguido: puedo llevar al niño al cole o sembrar nabos en un gulag, que pasaría del todo desapercibida. La única pega que le pongo al conjunto es que, al tener el fardo delante, no se me ve la camisetita tan mona que llevo con un mandala en el pecho y, en consecuencia, tampoco se marcan ni un poco las preciosas tetitas operadas. En fin, hay que evolucionar. Nuestro físico no es más que una envoltura, una carcasa, una funda que guarda con mimo lo verdaderamente valioso, que es nuestro interior. Cuando hablo del interior, ojo que no me refiero solo a los pulmones, el hígado, etc. (que también), sino al tesoro que es nuestra espiritualidad, nuestra esencia, nuestro yo verdadero, carente de ego, miedo o culpa. Y es hacia esa luz interna que todos tenemos (bueno, algunos más que otros) hacia donde debemos girar la vista para no perdernos en este mundo de inmediatez y superficialidad en que vivimos, este mundo de apariencias y egoísmo. Porque sí, estamos en un mundo de mentirosos, trepas y cosas ricas que engordan. En fin, un mundo de mierda.

Coloco las palmas de las manos sobre uno de los chakras más importantes que tenemos, que está así más o menos a la altura del plexo solar (el pecho, para los menos entendidos), hago un par de inspiraciones con los ojos cerrados y me dispongo a empezar un nuevo día agradeciendo antes de nada todo lo que tengo. *Om shanti.*

Gracias por lo que tengo.
Gracias por lo que soy.
Gracias por todo lo bueno que, en este momento, fluye a mí.

Agradecer es traer abundancia, por si no lo sabías. Así que más agradecer y menos quejarse, hostia ya, que somos unos desagradecidos del copón.

Noto que para estar completa me falta algo, pero no acabo de caer... Mmm... A ver, a ver. Las trenzas, bien. Los pantalones estos *cagaos* que parecen una túnica, la mochila, las alpargatas... No sé. ¡Aaah! El perfume. Revuelvo en un cajón que tengo lleno de muestras hasta que doy con un pequeño frasco de pachuli que me regaló una compañera del retiro espiritual ese en el que tanto medité, tanto yoga hice y tantos platos fregaron otros para cumplir con lo del servicio a los demás. Unas gotitas en la muñeca, otras detrás de la oreja y, con esta mierda de olor a madera podrida, ya podemos decir que estoy perfecta. Yo es que siempre he sido muy perroflauta, lo que pasa es que no se lo podía mostrar al mundo porque, desde el momento en que te coronan Miss España, te debes a la organización y, claro, tienes que llevar siempre una imagen muy concreta, entre elegante y sexi, sin pasarse un pelo. Bueno, eso ya forma parte de mi pasado, quedó muy atrás y doy de nuevo gracias por poder vivir en mi verdadera esencia y mostrarme al mundo tal cual soy.

Sí, porque yo soy esta, no la otra.

—Mamá, ¿por qué vas vestida de tibetana?

—Qué sabrás tú... Tira, que llegamos tarde.

Nos vamos en metro por primera vez. Pienso en mi precioso Opel Corsa y ahora lo veo como una infame máquina de matar escupiendo veneno por el tubo de escape. Qué horror. Los glaciares derritiéndose, los osos polares sin hogar ni comida y yo echando gasofa en la Campsa de la rotonda como si no hubiera un mañana. Bien, esa imagen no se repetirá más.

Una vez en el metro, me alegro de llevar la mochila-fardo delante. Por favor, qué cantidad de gente. Parecemos ganado. Es más, juraría que alguien mugió mientras entrábamos a empujones en el vagón. Agarro a Bruno con fuerza y él me abraza escondiendo su cabecita entre mi mochila y mi estómago.

—Aquí, por lo menos, voy mullido, como entre cojines.

—Calla, cariño. No alimentes mi dismorfia.

—¿Qué es eso?

—Nada. Un trastorno mental. Que yo me veo gorda pero no lo estoy, es eso.

—Un poco sí lo estás. Mira, me hundo en tu barriga si aprieto un poco la cabeza.

—Pues no la aprietes, no vaya a ser que me obsesione y termine sometiéndome a una dieta extrema que mine mi salud. ¿Sabes que el aleteo de una mariposa puede provocar un terremoto en Singapur? He de cuidar mi cuerpo como el templo que es —digo mientras mantengo el equilibrio en pleno frenazo gracias a la multitud que me rodea e impide que nos caigamos porque no hay sitio.

—Pues a lo mejor un poco de ayuno no te vendría mal. Los espirituales lo hacen, mamá. Ayunan para despertar la conciencia. Buda, por ejemplo, ayunó un mes bajo un árbol…

—… Para darse cuenta de que no hacía falta morirse de hambre para ser un iluminado, que bien que comía el arroz a dos manos cuando apareció la niña con el cuenco. A ver, a la de tres salimos. ¿Listo? —Lo miro a los ojos—. Si hay que arrasar, arrasamos. Venga. Una… dos…

—¡Y tres!

Las puertas del vagón se abren y arremetemos con todo aquel que se cruza en nuestro camino. Es eso o nos pasamos de parada. Uf, qué difícil es mantener el equilibrio entre la supervivencia y el respeto a los demás, pero a base de «por favor», ya te digo que de ahí no salíamos. Seamos sinceros: el sistema de viajar en metro no está perfeccionado. Al menos, no en hora punta. Lo único bueno es que, entre tanto olor a humanidad, mi pachuli pasó desapercibido. Ya llegamos al cole y Bruno prefiere que le despida fuera:

—Dame el beso aquí y vete, tú no entres, que aquí son muy cabrones y si te ven vestida de pobre me van a hacer *bullying* un mes.

¿De pobre? De pobre ha dicho. Qué incultos son los críos a veces, te lo juro. El perroflautismo nunca ha tenido que ver con la pobreza, sino con una filosofía de vida rica en creencias solidarias y pobre en jabón. Joé, se me escapan los prejuicios sin darme cuenta. Tengo que romper con mis limitaciones, pero poco a poco. Nadie dijo que el camino fuera fácil y estuviera exento de piedras, solo que el destino merecería la pena. En fin, todo sea por ser el cambio que deseo ver en el mundo. Estoy sudando como un melón después del momento supervivencia en el metro, así que me recojo las dos trenzas en lo alto de la cabeza. Qué guay, son lo bastante largas como para juntarlas ahí arriba, haciendo un nudito con los extremos. Me miro en un escaparate: ahora soy un híbrido entre Dulcinea del Toboso, la princesa Leia y Ana Belén cantando el *Agapimú*.

Capítulo XI

Salva el mundo, a las ballenas y tu propio culo

He quedado con Berta para desayunar, a ver, normal. Tengo que contarle todo lo de Zósimo. Uf, qué nombre, por favor. Todavía no me acostumbro, y eso que lleva ya viviendo en mi casa unas doce horas. ¿Cómo podría llamarlo? ¿Zo? ¿Zosi? ¿Simo? Meh… parece que estoy coleccionando Pokemons. Bueno, ya lo pensaré, pero «gordi» o «chiqui» son dos opciones que ganan peso. Hostia, tengo que volver al metro. Qué dura es la vida del concienciado. Cojo aire y me dispongo a bajar las escaleras de la estación. A mitad de camino me suena el móvil. Es Beltrán. Subo otra vez corriendo por si aquí abajo no hay cobertura, y si te llama tu repre tienes que tener cobertura porque tiene que decirte algo importante; para una gilipollez ya está el WhatsApp.
—¿Holaaa? ¿Beltrán?
—Felicidades, querida.
Ay, que me han dado el programa *De miss a miss*.
—Ay, que me han dado el programa *De miss a miss*.
—¿Qué? Ah, no. Se lo han dado a Remedios Cervantes.
—Pues muy bien, una mierda como un sombrero. Y, entonces, ¿por qué me felicitas?
—Por tu novio.

—¿Mi nov...? ¿Qué dices?

—Sí, mujer. Tú sabrás, tú misma lo has subido a Instagram. Ya estás en toda la prensa digital y Ana Rosa va a hablar del tema después de la publicidad. Lo cierto es que, aunque en la foto parecéis un poco *La Piedad* de Miguel Ángel, el chico promete.

—Más mete que pro... —digo masajeándome las sienes.

Cuelgo corriendo para ver qué coño he subido al Instagram entre los vapores marihuaneros. Es cierto, tengo un recuerdo difuso de cuando empecé a sacar los trapos para disfrazarnos. Sí..., nos hicimos varias fotos chorras... y ahora que lo pienso, subí algo a Instagram. Joder, joder, joder. Si es que las drogas son malas y punto. ¿Se puede ser perroflauta sin drogarse?

Abro mi red social mientras me tiemblan las manos y ahí estamos los dos, efectivamente. De perfil, dándonos un beso de esquimal con las narices y descojonándonos de la risa. Yo llevo sobre la cabeza el mantón de San Isidro que me puse para imitar a Lola Flores y en la oreja de Zósimo luce el pendiente de lámpara de Luis XV que saqué en el programa de Nochevieja. Para que se le viera bien y no se le enganchara, se recogió el pelo con una pinza de los chinos que parece una peineta fuera de lugar en plena Feria de Abril. Ay, no sé si quiero seguir viendo esta mierda. Sí, claro que quiero ver más. El texto. ¿Qué escribí? Son todo *hashtags:* #amorporfin #amorsinfin #bésamemucho #penapenitapena #savetheplanet #salvadalasballenas #mechas #sexoesvida #noalsatisfyerchino #síalamarihuanaterapéutica #comouncajónquenocierra #bertallámame #mamátequiero #albacetepower #másesmás.

Mierda, mierda, mierda. Elimino la publicación corriendo, como si no estuviera ya circulando por todos los sitios. Me arden las orejas de vergüenza. A ver cómo justifico esto. Me alivia un poco pensar que en este mundo mierdero la inmediatez aquí puede jugar a mi favor, y lo que ahora es noticia en media hora es papel mojado. Paso de meterme en el metro, paso, que me ahogo. Decido caminar hasta la parada del bus.

Qué maravilla, qué bien conectado está Madrid, qué grandes infraestructuras. Vuelvo a inclinar la cabeza en señal de agradecimiento. Bien, de nuevo estoy conectada con el universo y con el 47 al que me estoy subiendo para que me lleve a Quevedo, que hemos quedado en el Vips y con tanto lío tampoco voy sobrada de tiempo. Qué bien, esto va mucho más despejado que el metro. De hecho, voy atrás sentada sola. Hombre, dónde va a parar. Aquí, además, puedo ir mirando las aceras, los edificios y a la gente. Más entretenido. Me entra un pequeño mareo porque, al arrancar, me ha venido una pequeña vaharada de pachuli, pero mira, peor huele el brócoli cocido y bien que lo comemos. Quién pillara una napolitana.

La gente y la calle empiezan a aburrirme, así que, por entretenerme un poco, me fijo en los wasaps que va escribiendo la chica que va delante de mí. Sin maldad ninguna, ¿eh? Solo por no aburrirme mucho hasta Quevedo. Hala, qué fuerte. Está mintiendo a su novio descaradamente. Mmm…, estiro un poco el cuello para leer bien todo, que esto se está poniendo interesante:

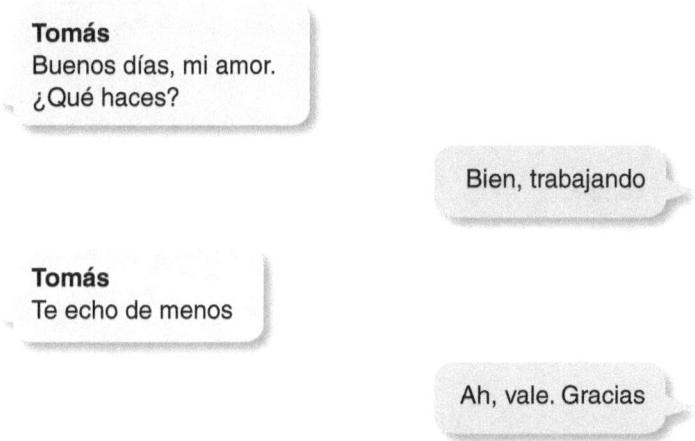

Tomás
¿Y tú a mí?

Sí, pero menos porque es que te lo juro que estoy hasta arriba de curro

Qué morro, pero si está delante de mí, aquí en el 47, rumbo a Glorieta de Quevedo.

Tomás
Siempre estás trabajando. ¿Cuándo podemos vernos?

Yo te voy diciendo

Tomás
A veces siento que soy un pesado. Perdóname. Es que te quiero tanto

Que no eres pesado. Que sí, que yo también quiero verte, pero si el jefe me tiene explotada, a ver qué hago

Tomás
Nada, nada. Si yo te entiendo. ¿Te llamo luego?

Ya te llamo yo, a ver cómo voy de tiempo. Chao

Bueno, bueno. «A ver cómo voy de tiempo», dice mientras ve pasar los árboles de General Martínez Campos. Guarda el móvil en el bolso y apoya la cabeza en la ventanilla. Está supertriste. Parece Rapónchigo en la torre antes de lanzar su trenza por la ventana. Tengo que ayudarla. Ayudándola a ella, me ayudo a mí, y juntas podemos cambiar el mundo. Todos somos gotas que componen un océano, pues estamos conectados como hilos que se entremezclan en este tapiz que es la vida. Además, yo quiero enterarme de qué va este culebrón. Me aseguro de que mis trenzas siguen bien sujetas en lo alto de la cabeza, cual tiara capilar, y me siento a su lado.

—¡Hola! Mira, perdona… He visto sin querer lo que le has puesto a tu novio.

—Mi novio.

Esconde la cara entre las manos y empieza a llorar. Bien, llora, pequeña, llora, a veces tenemos que rompernos para luego recomponernos. En fin, esperemos que no nos falte ningún trozo a la hora de pegarlos.

—Calma, calma.

La abrazo y su cabeza queda apoyada sobre mi pecho-mochila-macuto-fardo.

—Gra… Gracias.

Pobrecita, casi no puede ni hablar. Qué bien me siento de poder ayudarla. Y más que la voy a ayudar.

—A ver, cuéntame, porque aquí hay mucho que contar. Vaya trolas que le metes a tu novio.

—Ya lo sé —contesta entre hipidos. Toma, hija. Un clínex. Hay que ser generosos—. Gracias. Mira, yo llevo con Tomás cinco años, y tía, te lo juro que no sé qué me pasa, es que me he cansado de él, pero no me atrevo a decírselo, no quiero romperle el corazóóón…

Vuelve a deshacerse en un mar de lágrimas y gemidos. Menos mal que el bus va casi vacío porque las pocas personas que están aquí nos miran asustadas. Un señor se acerca y le dice:

—Señorita, ¿esta mujer la está molestando?

¿Qué? Pero bueno.

—No, no. Gracias. Al revés, me está ayudando.

Jódete, mamón.

—Ah, vale. Disculpe. Pensé que le había robado —dice mirándome el pantalón *cagao*.

Me da pena esa pobre gente que es incapaz de profundizar en nada, porque siempre vivirán en las capas superficiales de la vida, como si te comes un dónut de chocolate, pero, como eres gilipollas, vas y le quitas el chocolate.

—Ejem... Bien, sigamos. No te atreves a decirle a Tomás que ya no le quieres.

—Eso es..., y yo trabajo en turno de tarde en la perfumería Primor, pero a él le digo que trabajo a jornada completa para tener una excusa para no verlo. Verás el día en que se presente allí a las doce y vea que es todo mentira. —Se suena ruidosamente.

—A ver, ¿cómo te llamas?

Que no sea un nombre raro, por favor.

—Blanca.

Perfecto.

—Bien, Blanca. ¿Tú sabes que el aleteo de una mariposa aquí puede causar un incendio en un almacén de Vallecas?

—¿De verdad?

Abre mucho los ojos. La tengo impresionada.

—Por supuesto. Y no solo eso, sino que el hecho de seguir con Tomás de estos modos tan farfulleros ha conseguido que hayas pasado de no quererlo a cogerle manía.

—Pues..., a lo mejor sí.

—A lo mejor, no, seguro. Te lo digo yo que ya pasé por eso. ¿Te molesta que respire fuerte? ¿No soportas ver su nombre en el teléfono? ¿Han dejado de hacerte gracia sus pedos?

Asiente a todo, avergonzada.

—Bien, tienes que dejarle, pero ya. No puedes seguir en esta espiral de autodestrucción masiva.

—Pero...

—Ni pero ni pera... No se va a morir porque le dejes, mírame a mí, que descubrí que mi novio me era infiel porque le pillé una foto de su amante con un tulipán holandés en el culo. Y aquí me tienes: una mujer nueva, libre, feliz y con dos trencitas supermonas.

—Vale, se lo voy a decir. —Coge con decisión el móvil del bolso—. Le voy a decir que... estooo...

—Que te has desenamorado. Tampoco te ensañes con lo de la respiración y los pedos.

—Ah, vale... No puedo, no puedo.

Y ooootra vez a llorar.

—Vale. ¿Confías en mí?

—Totalmente.

—Dame el móvil. Yo hablo con él.

—¿De verdad lo harías por mí? —Se seca las lágrimas.

—Mírame... ¿Tengo cara de estar de coña?

—No, más bien tienes cara de la que presentaba el programa ese de *Sábado y confeti,* pero en *hippy*.

Hostias, que me ha reconocido.

—Eeeh... Bueno, esa es una frívola y yo soy un ser espiritual, todo amor. Bien, marca el número de Tomás y pásame el móvil. —Lo hace—. Blanca, confía en mí. —Le cojo la mano—. Hay que ir siempre con la verdad por delante. Tú no mientas nunca. ¡Shhh...! ¿Tomás? Hola, soy la compañera de Blanca en Primor, me llamo... Rosa. —Le guiño un ojo a mi nueva amiga, todo en orden. Ella, Blanca. Yo, Rosa. Soy una puta genia—. Mira, es que hoy no va a poder quedar contigo porque... es que le ha bajado la regla y se ha ido a su casa a por el Espidifen, que aquí no hay porque solo vendemos sombras de ojos, algodoncitos de desmaquillar y movidas así... ¿Raro? Pues yo no le veo nada raro, chico... Aaah, claro, es que todavía no se ha ido del todo, por eso tengo su móvil, de hecho, me lo está pidiendo... Mira, mira cómo me hace señas desde la puerta. Jesús, qué mala cara lleva... Eeeh... no, no te la puedo pasar. Porque no, Tomás, no insistas... Tomás, te lo pido por favor... Mira, Tomás, que Blanca rompe contigo. Punto pelota... No, tan de golpe no, es que me has empujado a ello, no me has dejado otra salida. —Blanca se lleva la mano a la boca asustada y yo le aprieto el brazo para tranquilizarla. Está saliendo perfecto todo—. Mira, Tomás, no eres tú... es ella, que ya no te puede ni ver... Pues porque es buena gente y aunque no aguante ni tu respiración cuando respiras fuerte, no quiere hacerte daño. Y estaba la mujer llorando, y claro, es mucho tiempo aquí trabajando juntas, oye, se crean lazos y yo no soporto verla sufrir más. Así que he decidido dar el paso. Dejarte es un trabajo sucio, pero alguien tenía que hacerlo... Sí, ya lo sé, es la letra de una canción, pero no me dirás que no venía a cuento... Vale... Mira, Tomás, el aleteo de una mariposa aquí puede provocar fuertes corrientes de aire entre Pinto y Valdemoro, así que te pido por favor que no la llames más. No seas tonto, que te eche de menos. Ella se lo pierde. Tú no la agobies, que si eso ya te mandará ella un wasap por tu cumple o algo, ¿vale? Nada, nada. Llora lo que necesites, que ella está igual. De nada, Tomás. Que tengas buen día. El de ella acaba de mejorar notablemente. Chao. —Cuelgo satisfecha.

Me encanta que los planes salgan bien.

Sonrío. Blanca me abraza agradecida. Y yo a ella. Fuerte, fuerte. Hermanas de alma. De repente, separa la cabeza un poco bruscamente y dice:

—Tía, perdona. Es que hueles como a moho... No sé, me he mareado un poco, disculpa.

Puto pachuli.

De repente miro mi móvil, está lleno de wasaps de Berta. Me pongo de pie mientras pregunto, así, a la gente en general:

—Perdón, ¿hemos pasado ya por Quevedo?

—Cinco paradas atrás lo hemos dejado —me grita el conductor.

Joder, ayudar a los demás es gratificante, pero muy duro. Me bajo del bus echando virutas. Madre mía, voy casi con media hora de retraso. Blanca me tira besitos desde la ventanilla y se los devuelvo mientras con la otra mano paro un taxi.

Sí, un taxi, contamina, ya lo sé, pero no se puede estar en misa e ir a la procesión, o algo así que dice mi tía Conchi… No sé yo si va a ser compatible ayudar a la gente con salvar el mundo. Greta, ilumíname. Si lo piensas bien, mi coche es uno más entre millones y voy siempre despacio, con lo que contamino poco. Vamos, prácticamente se podría decir que lo que contamino es tan poco que da hasta risa. Y yo el coche lo necesito porque si no, no llego a todo. Y si no llego a todo, destruyo mi vida, y verás tú si por salvar el planeta me cargo mi futuro. Además, hay otra forma de cuidar el medioambiente. ¡El plástico! La culpa de todo la tiene el plástico, que se está cargando los océanos y a todo ser viviente. Bien, a partir de ahora reciclaré todos los tapones de plástico. Vuelvo a sentirme buena persona mientras el taxi llega al Vips. Miro por la ventana cuando el taxista me dice:

—Eso que llevas es pachuli, ¿no?

Hombre, por fin alguien que sabe apreciar los aromas naturales de Madre Natura, sin químicos ni mierdas.

—¡Sí! ¿Le gusta? —Sonrío satisfecha.

—No, es que mi perra se llama Pachuli porque siempre huele así cuando llueve y vuelve mojada de la calle. —Se descojona.

Cuánta incultura tengo que soportar.

Bueno, ya casi estoy llegando. Le escribo un wasap a Berta.

> Cinco minutos. Cinco. No te vas a creer todo lo que me pasó ayer

Pienso en Zósimo, el sexo, la poli, el Satisfyer defectuoso, Antonia sofocada, yo encima del sofá, el okupa viviendo en mi casa, que por cierto le dejé durmiendo en el sofá de mi salón... Buah, todo lo que le tengo que contar a Berta.

Hay cosas que no sabes si las disfrutas más cuando las vives o cuando las cuentas, ¿verdad?

Mi vida es un tiovivo y yo voy a comerme ahora mismo unas tortitas con nata y chocolate.

Lo dicho: me encanta que los planes salgan bien.

Capítulo XII

Soy Juana de Arco
con vaqueros de tiro alto

Estoy encantada con mi nuevo compañero de piso. Zósimo ha resultado ser una joya: cocina, me tiene la casa como los chorros del oro, se lleva genial con Bruno y, encima, me da lo mío cada día. Como te lo cuento. Lo de que se pasara a mi cama por las noches era un riesgo, imagínate que se despierta Bruno, se planta en la habitación y descubre el pastel. Me monta la de Dios es Cristo, aparte del trauma y el *shock* postraumático que puede sufrir la criatura. Ya me dejó muy claro que yo no debo hacer «esopuaj», y prefiero tenerlo engañado que convencerlo, porque es muy cabezota, tira de mil argumentos y me vence. Además, ha desarrollado una especie de detector, como un radar superfino. Vamos, me lo imagino a veces entrando en mi habitación y buscando pistas bajo la cama, y en mis peores pesadillas le veo con los gayumbos de Zósimo en la mano, chasqueando los dedos y diciendo «Rápido, esto hay que llevarlo a rastras», como Horatio en *CSI Miami*.

Así, pues, nos hemos buscado la vida. Todas las mañanas le dejo en el cole y vuelvo a casa cagando melodías para encontrarme a mi tuno esperándome en la cama, a veces dormidito, otras ya empalmado que da gusto, pero siempre dispuesto a lo del cajón que no cierra. Mira, me va a dar pena que en unos días le den las llaves de su superpiso y se vaya. Antes de que eso suceda, tengo que aprovechar y que me arregle las cositas de casa que no funcionan, por ejemplo, el Satisfyer. Lo desmontó y todo, y resulta que no hay solución. El aparato está defectuoso, es lo que tienen las compras chinas de AliExpress, que si tienes suerte te toca un bolso que da gloria verlo, pero como pinches, te puedes morir con un aparato que te pellizca la pepitilla como una pulga ahí metida. Las pulgas pellizcan, ¿no? Bueno, muerden, lo que sea. Joder, qué asco. Así que nada, lo seguiré usando para las cervicales, que me va muy bien, y voy a pedir uno normal, de los buenos, y dejarme de tonterías, que son poco más de treinta euros. No hay miseria cuando se trata de tu vida sexual, con lo que ello implica de hormonas, serotonina, endorfinas, melanina, poliestireno, silicona y un montón de cosas más que ya no recuerdo pero que te hacen ir feliz por la vida y con la piel de Nicole Kidman.

¡Ah, por cierto! He abandonado el *look* perroflauta. Normal, tú no puedes mantener eso si presentas un programa de belleza en Preciosity y encima trabajas de voluntaria en un hospital, que los pacientes tienen que ver que debajo de la bata vas mona. Tienes que dar sensación de persona cuidada, limpita y agradable. No puedes ir por ahí dando asco con unas alpargatas de caucho y unas trenzas absurdas emanando pachuli, ¿me entiendes? Hay que respetar a los enfermos, hombre, por favor, bastante tienen con estar en un hospital para que llegues tú jugando al despiste. No, no, que les asustas, igual piensan que les vas a robar, les sube el azúcar y tenemos un disgusto. Así que, fundamentalmente por eso, he vuelto a mi *outfit* habitual: vaqueros pitillo de tiro alto, camiseta mona que marque un poco las tetas pero tape el culo, botas, sandalias o zapatos de tacón cuadradito (tacón poco, que, en cuanto pasas de 1,70 y te pones tacones altos, empiezas a parecer un avatar y quedas rara) y accesorios chulos tipo bolso de bandolera cruzado de Loewe o cinturón con pedazo hebilla. Sí, son cositas que me regalan las marcas, bien porque se publicitan en el programa o para que ponga un post en Instagram, que también te digo que ya les vale. Ya le he dicho a Beltrán que menos tacatá y más tucutú, o sea, que menos regalitos y que me empiecen a pagar, que Instagram es un canal de publicidad como otro cualquiera y así debe ser remunerado en consecuencia. ¡He dicho!

Además, el espíritu perrofláutico se lleva por dentro. No necesito bailar a medianoche desnuda puesta de marihuana alrededor de una hoguera al son de las guitarras en una playa de Los Caños de Meca, ni llevar pantalones *cagaos* que me hagan parecer paticorta para cuidar del medioambiente ni renegar del capitalismo mientras me vuelvo loca en un *outlet* o reciclar plásticos y separar la basura, que no me cuesta nada.

El caso es que hoy tengo hospital. Qué gusto que esté Zósimo en casa, de verdad. Se queda con Bruno enseñándole a tocar la guitarra, haciendo los deberes o jugando con la Play, y yo a lo mío.

Hoy Félix no viene, así que me hago la ronda yo sola. Esperemos que no me meta en ningún lío, porque yo no sé muy bien qué pasa, que a poco que me dejes sola, los líos vienen a mí. Te lo juro, yo no hago nada. Ellos me buscan en cuanto me ven desvalida. Los muy cabrones temen a la gente, por lo visto, y cuando estoy con Félix, Berta o Beltrán, se mantienen un poco al margen. Oye, es verme dar sola la vuelta a la esquina y ya pasan cosas. Joder, dejadme en paz. Quiero una vida tranquila. Una vida de servicio a los demás, sexo habitual y campañas pagadas en Instagram.

A ver: habitación 532. Ernesto Mesa. Ahí voy. Madre mía, qué mala cara tiene este hombre. Yo es que nunca había visto a un paciente con problemas hepáticos (vamos, hepatitis gorda) y me impresiona muchísimo su color. Siempre había pensado que *Los Simpson* eran ficción, pero te juro que este hombre es amarillo. No como los chinos, que se dice que son amarillos y yo los veo normales. No, no, Ernesto es realmente amarillo.

Intento darle charleta y enseguida le noto que está mal, fatal. Habla muy despacio, eternamente cansado. Se le adivina un cuerpecillo esquelético bajo la sábana y a veces parece que le cuesta mantener los ojos abiertos. Me cuenta que lleva tantas semanas en el hospital que ya perdió la cuenta. Junto con la cuenta, parece haber perdido también cualquier ánimo o esperanza. Félix sabría qué hacer, qué decirle. Piensa, Rita, ¿qué haría Félix?

—A ver, Ernesto, ¿a ti qué te gusta? Quiero decir, en la vida ¿qué te gusta hacer?

—A mí, los coches —me dice muy bajito—. Toda la vida he sido mecánico. Me gustan los coches.

Por primera vez hay un esbozo de lo que podría ser una sonrisa en esa cara cansada y amarilla.

—Ajá… Oye, ¿quieres que te traiga alguna revista de coches? Podemos verla juntos y vamos comentando y tú me explicas cosas, que yo de coches, ni idea.

—Claro que sí.

Ahora sonríe abiertamente.

—Pues muy bien, apuntado está. A ver, escucha…, que yo solo vengo un día por semana, pero, como aquí las horas se hacen muy largas, me paso mañana en plan *top secret* con las revistas…, pero… Ssshhh...

Le guiño un ojo y asiente. Parece que se duerme.

A ver, en teoría solo tengo que venir en mi turno, pero yo creo que esto es clarísimamente una emergencia. Una semana sin las revistas a Ernesto se le va a hacer eterna y yo voy a venir de civil, sin bata. ¿Qué pasa? ¿Están prohibidas las visitas particulares de amigos y/o familiares? Ah, vale. Pues eso.

Rondita tranquila, casi todos los pacientes tienen acompañantes, así que saludo, pregunto si necesitan algo, apunto, sonrío y sigo.

En la 422 hay un señor mayor solo. Le han sentado en la butaquita, como siempre hacen para que los enfermos no estén todo el día en la cama, aunque muchos se quejan y quieren volver a acostarse, pero Antón no se queja. Tiene un gran vendaje en la oreja izquierda (leo en la ficha: «Extirpación de tumor») y parece despistado. Tiene una parte de la boca torcida, bastante caída (ictus), unos ojos azulísimos de esos que ves pocos en la vida y un pelo blanco tupido como su barba. Parece un Papá Noel triste y sin kilos de más.

Dentro de lo que es el aspecto tan desfavorable de bata de hospital con las canillas al aire, oreja vendada y vías en los brazos con un embrollo de cables, tiene un cierto porte señorial. Está a lo suyo, pero yo sé por qué es, me lo dijo Almudena, una enfermera granaína que tiene un arte de la madre que la parió. Cada vez que me suelta una perorata de las suyas, hablando rápido, abriendo mucho los ojos y gesticulando, la veo haciendo monólogos en La Chocita del Loro, pero en plan bien, no en plan yo.

—Riiita, escucha cariño. Entra a visitarme a Antón, el pobrecico. —Cara triste, casi puchero—. Su mujer tiene alzhéimer y como no se maneja sola, se la han llevado a una residencia. —Ojos muy abiertos, el discurso se acelera—. Sabes que ni tienen hijos ni *na,* solo una sobrina que vive en Barcelona. Mira, está la criatura triste y mustia que tú no sabes la pena que me da, así que entra. —Manos en molinillo, ya va desatada—. Y háblale un poco, anímalo, que yo no tengo tiempo *pa na,* que tenemos la planta a *rebosá,* que esto parece lo del coronavirus y yo no le puedo dar charleta y no sabes la penica que me da. Lo bueno que es, y lo *educao,* y lo *preocupao* que está por su mujer... Julia, se llama Julia. Chica, es su obsesión: él vino por urgencias y a ella se la llevaron los servicios sociales y lleva *fatá* lo de no verla, porque él no se preocupa de él, sino de ella, y está el hombre *angustiao...*

Entro en la habitación y me doy cuenta de que dejar de oír a Almudena es como cuando apagas la campana extractora de la cocina. Qué paz, por favor.

—Antóóón… Hola, ¿cómo está?

Me hace señas de que no oye bien. Qué cara de perrito triste, qué pena. Igual Almudena hasta se ha quedado corta, yo que siempre la tengo por exagerada. A mí es que estas cosas me afectan mucho, y mira que llevo ya unos añitos, pero el dolor humano me traspasa, se me mete entre los huesos del oído, se me cuela por el cerebro y luego va abriendo afluentes hacia el corazón y el estómago, baja por la pelvis y se me debe de instalar de los pies para arriba, de ahí el temblor de las piernas.

El dolor que más se instala es el de los que lo han aceptado porque no queda otra, de los que sonríen «a pesar de», el dolor callado de los que ya no esperan nada, el de la vejez y la soledad, el de cuando eres consciente de que, según nos hacemos viejos, somos los mismos, pero para la gente empezamos a perder valor, como un coche que sale del concesionario. Ese dolor lacerante de los que te dicen que esperan la muerte tranquilamente porque, al fin y al cabo, ya han vivido y es ley de vida, pero te lo dicen con ese tono triste y monótono del que se ha aprendido el discurso a base de oírselo repetido a sus hijos y nietos tras la puerta, o cuando creen que están dormidos, como si por ser mayores y duros de oído se desconectaran del mundo, como si no se enteraran igual de todo, como si tuvieran al lado un trasto apagado y tú pudieras decir «Este trasto es una mierda y hay que tirarlo», que el trasto, como es cosa, no se entera. Ellos se enteran, se hacen los tontos para no crear conflictos, y a base de escucharlo, se convencen de que es verdad. Y así, de paso, no escuece pensar que para los tuyos has perdido valor por el simple hecho de cumplir años, como si fuera culpa de uno envejecer. A ver cuándo nos damos cuenta de que envejecer es el único modo que tenemos de vivir muchos años.

—¿Cómo estás, Antón?

—Bien, bien. Muchas gracias.

Sus ojos azules se clavan en mis labios con ese gesto de «Lo que no me entre por el oído, lo saco por el movimiento de tus labios».

Vuelve a mirar por la ventana.

—Bueno, bien bien, no. Que te han operado. ¿Cuándo te quitarán lo de la oreja?

Se toca el vendaje, como si se hubiera olvidado de que lo llevaba.

—Ah…, no sé. En unos días.

—¿Te han dicho algo del alta? ¿Tienes fecha?

—No, no…

Ventana otra vez.

—Escucha, ¿dónde está tu mujer?

Ahí sí me presta atención.

—No lo sé. —Habla calmado, pero noto en sus ojos y sus dedos que se ha activado algo, ha saltado el resorte—. No sé dónde está. Y la pobre no puede estar sola. La pobre. No sé nada, estará preocupada por mí.

—A ver, tu mujer se llama Julia. —Asiente—. ¿En qué residencia está?

—No lo sé, no sé nada. ¿Está en una residencia?

Pero bueno, ¿este hombre lleva aquí más de una semana y nadie le ha dicho nada? Salgo y pregunto por Almudena, que en un pispás busca en el ordenador: su mujer está en la residencia Dulce Atardecer. Apunto el teléfono y vuelvo a la habitación.

—Antón, mira, tengo el teléfono. Está en una residencia. ¿La llamamos?

—Sí, muchas gracias —me dice sin ningún aspaviento.

Siempre he admirado a la gente serena. Yo también quiero ser así, coño, lo que pasa es que no me sale. Y es una pena, porque el rollo de elegancia y tranquilidad que mantiene la gente como Antón es envidiable. Voy a intentar ser así, aunque lo tenga que fingir.

Me ponen con Julia enseguida, después de una corta espera. ¡Qué fácil! ¿Por qué nadie ha hecho esto antes? ¿Por qué tienen a este hombre aquí angustiado? No quiero juzgar, no debo, que lo dice el Dalai Lama. No juzgues. Me cuesta la vida, pero estoy en ello.

—Julia, te llamo del hospital. Verás, estoy con Antón.

La voz temblorosa y pequeñita de Julia estalla en llanto. De repente habla atropellada, nerviosa, exaltada, con un punto de histerismo.

—Ay, ay. ¿Dónde está? Estoy mal, mal. Quiero volver a casa. Que me ha dejado sola. —Ahora está gritando. Joder, joder—. ¡Que me ha dejado!

—No, no, Julia, escucha. —Antón me mira atento, pero no hace ningún gesto, ni para pedirme el teléfono—. Mira, Antón no te ha dejado. Está en el hospital porque le han quitado una cosita que tenía en la oreja. Está muy preocupado por ti. —Todo esto intercalado con los llantos de Julia y sus palabras desorientadas—. Escucha. Te lo paso para que hables con él, pero solo si te tranquilizas, ¿vale? Así no, Julia, porque le vas a poner peor al pobre. Él quiere hablar contigo, pero tienes que calmarte, ¿vale?

—Vale..., vale... Sí, sí... estoy bien.

Esto lo ha entendido perfectamente.

Le paso el móvil a Antón, que no me mira asustado ni nada. ¿Quién mejor que él para conocer a Julia después de sesenta años juntos?

—Julia..., cielito... No, cielito. No te dejé. Escucha, por favor, que a mí me trajo la ambulancia... Cielito, no me digas eso, que estoy solo pensando en verte. —Esto es surrealista, de repente parece que estoy en Matrix y yo no sé qué coño hace Félix que no está aquí para gestionar esta situación—. Escucha... —Se nota que ella no le deja hablar y le interrumpe constantemente. Yo la oigo: cada vez llora más y más fuerte—. Cielito, no llores. Oye, que yo no quiero estar aquí, que solo pienso en volver a casa contigo… —Le cortan, supongo que algún trabajador de la residencia le ha quitado el teléfono a Julia ante el espectáculo de gritos y nervios—. Sí, de acuerdo, gracias.

Me devuelve el teléfono mientras dice un «gracias» apenas audible. Vuelve a quedarse ausente. Pues igual he hecho una gran mierda en vez de ayudar, y por eso no les mantenían en contacto. No, joder, eso es una crueldad. A ver, esto tiene que tener alguna otra solución que no sea este desastre.

—Antón, te apunto aquí el teléfono de la residencia. —Arranco una hoja de mi libreta—. Ya sabes dónde está Julia, ¿vale? Está bien, solo que nerviosa, pero está bien atendida. Cuando quieras, le pides el móvil a tu enfermera, que se llama Almudena —se lo anoto también—, y llamas a la residencia para preguntar por tu mujer, y si está tranquilita, igual puedes hablar un poco con ella, ¿vale?

Coge el papel como si fuera un tesoro. Con sus manos temblorosas lo dobla cuidadosamente tres veces y, muy despacito, lo guarda en el bolsillo del camisón hospitalario ese tan feo que les ponen.

Salgo pensando que se ha vuelto a quedar ausente y en su mundo. Igual él tampoco tiene la cabeza muy allá, igual tiene principio de alzhéimer, no como Julia pero en camino. Igual dentro de cinco minutos ya ni se acuerda.

En fin. El que hace lo que puede no está obligado a más.

Suspiro y me levanto. Justo cuando estoy en la puerta, Antón me dice:

—Señorita.

—¿Sí? —Me giro.

—Gracias.

Su boca torcida amaga una sonrisa mientras se da unas palmaditas en el bolsillo donde tiene el papel con el número de Dulce Atardecer. De repente, noto un brillo en sus ojos, hay una chispa, no sé explicártelo, una corriente que conecta conmigo. Me palpita el corazón muy fuerte, noto que la sangre bombea en mis oídos. Vale, era la señal que necesitaba. La Juana de Arco que llevo dentro empieza a despertar dentro de mí. Le sonrío, le hago la señal de la victoria y le digo:

—Volveré, Antón. Tengo que hacer… gestiones. Y volveré para contarte.

¿Ves? Ya estoy metida en otro *fregao*.

Culpa de Félix.

Haber venido, coño.

Capítulo XIII

Esto es un no parar

Voy tan concentrada en el coche elucubrando planes para la misión Antón, que no me doy ni cuenta de que en O'Donnell me salto un semáforo en rojo. Ahí, con dos *güevos*. Empiezan a girar los pirindolos con luces de un zeta y me hacen señas de que pare. *Cagüen* mi pena negra. Pues, hala, paro a un lado resignada al *pack* bronca-multa que me espera cuando me doy cuenta de que el poli que se acaba de bajar del coche me suena. Achino los ojos mirando por el retrovisor… ¡Coño! ¡Pero si es el cañón de infantería! Qué suerte tengo, me persigue la buena fortuna, qué le vamos a hacer. No me da tiempo a sacar del bolso el colorete y el brillo de labios, no vaya a ser que me pille en plena faena, y eso no. Aquí, naturalidad, no pasa nada. Me conformo con meterme los dedos entre el pelo para dar un poco de volumen. Antes de que llegue a mi ventanilla, ya tengo preparada una sonrisa como el gato de *Alicia en el País de las Maravillas*.

—Buenas tardes, señora. Se ha saltado usted un semáforo. ¿Me permite los papeles, por favor?

—Lo primero es saludar al ciudadano, agente. ¿Qué paaasaaaa?

Más sonrisa, más, más, más. Qué mandíbula, qué expresión, qué número de pie tendrá.

—¿Perdón?

Baja la cabeza para verme y se quita las Ray-Ban que tan bien le quedan.

—¡Que holaaa! —Abro las manos en un gesto de «que soy yo, ¿a que estás contento?»—. ¿No te acuerdas de mí? ¡Que soy yo, Rita! Pero por favor, si hace nada estuviste en mi casa. Ya sabes: el okupa, la portera histérica… ¿no te acuerdas? Que salió a la puerta un niño monísimo y superlisto, que por cierto es mi hijo.

—Aaaah… Ya, sí. Esto, ejem…, hola. ¿Te has dado cuenta de que te has saltado un semáforo en rojo?

Bueno, que me llame de tú me gusta, pero a ver si ahora se va a tomar más confianzas de las que debe.

—Sí, en rojo bermellón. —Me estoy poniendo muuuy tontita. Rita, reconduce esto un poco, que ibas bien y la puedes cagar—. Quiero decir, no. Te lo juro. Si me hubiera dado cuenta, no me lo habría saltado, pues anda que tengo yo ganas de que me pase algo, ni que fuera tonta. —Así, mucho mejor—. No, mira, es que vengo del hospital. Soy voluntaria, ¿sabes? Y resulta que hoy un señor que, bueno, no veas la historia. Es un señor mayor al que han ingresado por urgencias, y resulta que su mujer tiene alzhéimer y se la han llevado a una residencia, y no tienen hijos, y el pobre estaba superagobiado. Entonces yo llamé a la residencia y se puso la mujer, Julia se llama, y ya sabes, cuando se les va la cabeza… —me toco la mía y aprovecho para ahuecarme el pelo—, pues eso es incontrolable y la mujer se puso a gritar y a decir que si él la había dejado. Me da mucha ternura que a esas edades se quieran tanto y todavía piensen que les puedan dejar, ¿verdad? —Estoy nerviosa. Estoy haciendo un *revival* del programa de Nochevieja pero dentro del coche—. Bueno, el caso es que tengo que echarle una mano y mi cabeza estaba totalmente centrada en ayudar al prójimo, así que ni vi el semáforo.

—Ya… Ayudar al prójimo también consiste en no poner en riesgo al resto de ciudadanos olvidando las normas de circulación.

Es superlisto. Tiene salidas para todo. Qué hombre. Qué hombre.

—Pues tienes toda la razón. Lo siento. Oye, que a veces oigo algún ruido en el piso de al lado. ¿Por qué no me das tu teléfono?

Carraspea y mira a su compañero, que sigue todavía dentro del coche muy concentrado en su móvil. Luego echa un par de miradas de reojo a un lado y otro y me dice:

—Ejem, señorita… —Ah, que ya no soy señora. Por aquí vamos bien—. Le he dicho 6573561008 millones de veces que estoy en acto de servicio.

—¿Qué? Pero oye, si eso es un chiste más viejo que… —¡Ostras! No me lo puedo creer. ¡Me lo está diciendo en serio! Cojo mi teléfono corriendo para apuntar—. ¿Puedes volver a decirme lo de las veces esas?

—Eeeh… Sí. Le he dicho 6573561008 millones de veces que estoy…

—Vale, vale —le corto. Ya tengo lo que quería—. Yo soy Rita. ¿Cómo te llamas?

Señor, ayúdame…

—Toribio.

Ya empezamos.

—Ajá. Bueno, no pasa nada, tranquilo. Yo en verdad me llamo Elvira. De Elvira, Elvirita, y de ahí ya vino Rita. —Le guiño un ojo supercómplice.

Qué coño, hay que ayudar a la gente. Un voluntario no lo es solo durante su turno, un voluntario lo es veinticuatro horas al día.

—Ya… Elvira, Rita…, bueno, lo que sea. —Vuelve a mirar a su compañero, que sigue con el móvil—. Ten cuidado, por favor. Esta vez, pase, porque encima vienes de trabajar por los demás y eso hay que tenerlo en cuenta…

Este ya te digo que anda obsesionado con salvar a la humanidad. El síndrome de poli-héroe lo llamo yo.

—Sí, sí. No te preocupes. Vamos, menuda lección me has dado y el susto que me he llevado. Lección aprendida... Palabra.

—Vale, pues ten cuidado, porque la próxima vez...

—La próxima vez me multas, me pones las esposas y me llevas contigo. —¡Mierda! Ya está mi boca yendo por libre en directa conexión con mi cabeza. Fin. Hora de irme. Ha ido todo muy bien y mejor lo dejamos aquí—. Bueno, Toribio. Gracias y hasta pronto.

Se quiere poner serio cuando se calza las Ray-Ban pero le noto un conato de sonrisa que no puede esconder. Tuerce un poco la boca suuupersexi. Se da la vuelta caminando con esas botazas y le miro el culo por el retrovisor. Buen culo, sí señor.

Adiós, pirata.

Tengo tu número, me he llevado el botín.

Estoy suupercontenta, tanto que no puedo parar de cantar por la casa. Hasta le he pedido a Zósimo que me cantara una de la tuna, pero la de *Clavelitos* no, que me da mucha risa. Así que Bruno le ha sacado la guitarra de Sandro, que la tiene el niño en su cuarto, y como se admitían peticiones dentro de lo que es el repertorio de la tuna de la Complutense, le he pedido la de los libros y Fonseca, que me la sé. Le puse a Brunito la letra en el móvil y así los tres cantamos:

Triste y sooola,
sola se queda Fonseeeca.
Triste y llorooosa
queda la Universida-a-a-ad (esto del a-a-a es muy importante).
Y los libros,
y los libros empeñaaados
en el Mooonte,
en el Monte de Piedaaad.

Bruno hasta sacó la pandereta, lo que me recordó a mi niñez en la iglesia, superdesatada con el *Alabaré*. Zósimo es muy inocente, no se ha dado cuenta de que esta energía que traigo y este subidón que me posee se debe a una nueva ilusión, a una tensión sexual no resuelta, pero que todos esperamos que se resuelva lo antes posible.

Y si se ha dado cuenta, lo disimula fenomenal. O igual es que le importa un cuerno, que todo es posible. Es que tenemos como un pacto silencioso. Es decir, que en la cama pues muy bien y lo que quieras, pero por la razón que sea, los dos sabemos que esto no va a ir más allá y lo aceptamos porque somos adultos. Bueno, y también por otras razones, como que no nos hemos enamorado y que «ancha es Castilla». Pero oye, que la vida es muy perra, que todo sea que cuando le den las llaves y se vaya, yo ande llorando por las esquinas (nunca por el *Sálvame,* que tengo dignidad) y le eche de menos y me presente en el pisazo de Puerta de Hierro pidiéndole matrimonio, pero como ahora mismo eso me parece muy improbable, pues estoy feliz. Todavía no me hice a Zósimo y ya tengo a otro pendiente. Lo único malo aquí es el nombre. Toribio. Joooder. A ver, combinaciones para llamarlo sin que me dé la risa. ¿Tori? Uy, no. Suena a Torito o a *Gran Torino,* la peli de Clint Eastwood, que es más sexi que Torito, pero a ver si me denuncia el dueño del *copyright* por los derechos de autor. No, Tori no. Descartado. A ver, mmm…, ¿Ribio? No, suena a afluente del Ebro. ¿Tor a secas? Tampoco, parece que estoy invocando al dios del trueno, a ver si después de nombrarlo tres veces se me va a aparecer el marido de la Pataky martillo en mano y perdona, pero no. Entre bomberos no nos pisamos la manguera, hombre.

Bueno, ya lo pensaré en su momento. Igual tiene un apelativo que todos sus conocidos usan y estoy yo aquí creando un problema donde no lo hay.

Ay, que no se me olviden las revistas para Ernesto. Revistas de mecánica. Pues al kiosco no voy a bajar, claro. Miro por Wallapop, más por enredar que otra cosa, y resulta que un chico vende la colección entera de *Motor y acción* por treinta euros. Mira, igual que el Satisfyer. Madre mía, no puedo dejar de pensar en lo único.

Llamo al teléfono que viene en el anuncio y, por suerte, el chico vive muy cerca. Quedo con él mañana después de dejar a Bruno en el cole. Estupendo. Así por la tarde me acerco al hospital de incógnito y le dejo las revistas al pobre hombre, que me las va a agradecer muchísimo. Tanto tiempo solo ahí, enfermo y aburrido. Estoy deseando que llegue mañana.

Pues como dice mi tía Conchi, «el hombre propone y Dios dispone», porque llega mañana y se me tuercen los planes pero para bien, para bien mío, claro, porque después de recoger las revistas (que por cierto, pesan un *güevo*) vuelvo a casa a mi habitual sesión de sexo y, no solo mi amante tuno exokupa está más ardiente que nunca (a ver si se está oliendo algo), sino que me llama la madre de Carlitos para decirme que ya recoge ella a Bruno y se lo lleva a casa para que los niños merienden juntos porque Carlitos no calla.

¿Cómo?, ¿que tengo todo el día para mí…? Pues nada, habrá que adaptarse. Convertimos la mañana, el mediodía y la tarde en un maravilloso día de la marmota de sexo, *pizza,* capítulos de *The Big Bang Theory* y canciones de la tuna. Me veo tan contenta que tanta felicidad me da un poco de mal rollo. Estoy al acecho, esperando a ver por dónde me viene la hostia. Ando despistada, porque la verdad es que todo va muy bien, solo falta Beltrán llamándome para un trabajo.

Riiing, riiing. Hasta suena el teléfono y pego un bote porque, efectivamente, es mi repre. A ver si voy a tener poderes. Me dan un poco de miedo esas movidas. A mí que la parapsicología me deje tranquila en mi feliz mundo frívolo. Yo no me meto con ella, que ella no se meta conmigo. No me quiero convertir yo ahora en vehículo de poderes del más allá para que luego…

—¡Rita!

—Ay, dime, Beltrán.

—¡Te he conseguido una campaña pagada en Instagram!

—¿Compresas? ¿Salvaslips para la pérdida de orina? ¿Hormonas en píldora para combatir la menopausia? ¿Salchichas? Ah, no. Salchichas no, Beltrán, por ahí no paso. Vale que tengo ya una edad en la que debo asumir que mi nicho potencial empieza a estar compuesto por señoras de respetable edad —«nicho potencial», qué bien me expreso y qué bien quedo cuando uso tecnicismos—, pero salchichas no.

—¿Me dejas hablar? Calla un poco, anda. Para una mierda de salchichas te iba a llamar yo a estas horas. Parece que no me conoces.

—Bueno, ¿qué? Suéltalo ya —digo moviendo mucho las manos y soltando el pito de Zósimo, que lo tenía cogido en ese momento.

—Cosméticos naturales. ¡Todo superecológico! No es solo que sé que esto te gusta por tu alma perrofláutica, querida, además es algo que no te puede dar mejor imagen. Fotos supercuidadas y superphotoshopeadas para que salgas divina. Tonos tierra. La paleta de sombras exhibida sobre tus mejillas en trazos como hechos con el dedo, para que parezcas una india. A tu lado, un león.

—Ay, no. Hostias, qué miedo, Beltrán, ahora que me va todo tan bien, no la caguemos.

—¿Eres boba? Te lo ponen por Photoshop. Te ponen el culo por Photoshop, no te van a poner un simple león…

—Claro, claro. Y yo explicaré en un comunicado que el león no estaba allí porque esto es una marca que apuesta por el planeta y el colmo sería tener ahí a un animal salvaje trabajando.

—¡Exacto!

—¿Pagan bien?

—Muy bien, creo. Estoy cerrándolo. Ultimando detalles. Bueno, a lo mejor no «muy bien» del todo, pero vaya, mal no va a estar...

—¡Vale, vale! No me digas más, que estoy muy contenta, no lo estropees. Ya me dices cuándo son las fotos, cuánto me pagan y la tontería esa de que me tienen que poner Photoshop en el culo.

—Síííí... Te quiero, reina.

—Y yo a vos. ¡Mua!

Cuelgo y cojo el pito de Zósimo, pero ando un poco perdida. ¿Por dónde íbamos? Mi cabeza es un batiburrillo de fotos preciosas, conmigo preciosa y un precioso león de mentira.

—Si es que..., ya te dije que pusieras el móvil en silencio —protesta mi amante bandido.

—No puedo, cariño —¿cariño?, muaaajajajaja—, me daba el pálpito de que estaba a punto de recibir una buena noticia porque últimamente estoy muy sembrada, y mira por dónde.

No puedo terminar la frase porque con la boca llena no se habla.

Cuando llega Bruno, estoy planchando con cara de aburrida (fingida, claro) y me da muchos abrazos y besos y todo está bien y ya llevaré las revistas al hospital mañana y a ver por dónde te decía que me van a llegar las hostias porque algo me dice que esto es un subir para «más dura será la caída». La historia de mi vida, vaya.

Capítulo XIV

El plató, la espía y la extraña cena

Llevo un rato en el plató de *Bella tú, bella yo* y me estoy poniendo un poco nerviosa porque me acaban de comentar la posibilidad de hacer un programa en directo desde un balneario en Galicia. Irían tres o cuatro famosos que contarían las maravillas de los masajes con piedras calientes, aromaterapia o los chorritos del circuito termal. Y digo yo, ¿por qué coño lo quieren hacer en directo? Bueno, ya sabes que después de mi última experiencia con el directo en Nochevieja tengo un trauma. Oigo la palabra *directo* y empiezo a temblar como esos perritos minis que parece que siempre tienen frío. Vale, ha llegado el momento de contar lo que pasó esa Nochevieja. Me jode, pero mejor lo suelto.

El caso es que hace un par de años me llamaron para hacer unas conexiones en directo durante el programa grabado que presentaba Concha Velasco en Nochevieja. Lo mío era muy fácil: los espectadores llamaban, yo les hacía una pregunta facilona sobre la gala que estaban viendo, giraba unos paneles y, hala, a ganar dinerito desde casa.

En el programa grabado Concha me daba paso a mí, que estaba en directo, y cuando terminaba la llamada, yo devolvía la conexión al plató de Concha Velasco. *Chupao*.

Bueno, algo pasó en realización que, en un momento dado, no podían pinchar el programa grabado. Yo aplaudía y decía:

«Adelante, Concha... Adelante, Concha», y nada, que Concha no entraba. Y yo ahí seguía plantada con mi moño y temblando mientras veía la lucecita roja de la cámara que no se iba. Encima, con los nervios, se me cayó un pendiente al suelo y al agacharme casi reviento el vestido.

Ahí estaba yo, sola delante de tres millones de personas sin saber qué decir. Entré en cortocircuito mental; les hablé de las vacas, los selfis, las dietas y hasta del alcoholismo. Era como si me hubieran dado cuerda. A ver, qué remedio. Yo tenía que seguir hablando hasta que se solucionara el tema.

Cuando consiguieron pinchar el programa grabado y por fin salió Concha aplaudiendo con un matasuegras, la gran mierda ya estaba hecha y yo me quise morir rápido, pero seguí viva.

Fui el cachondeo de las redes sociales y las televisiones durante varios días. Esa Nochevieja nadie se acordó de la Pedroche, yo fui la protagonista absoluta por la ristra de barbaridades que solté, una tras otra, mientras hacía tiempo para que en realización solucionaran la avería o lo que fuera.

Ahora lo tengo todo como en una nebulosa, pero el trauma aquí sigue. Cada vez que lo recuerdo me castañean los dientes y me suda la nuca.

Lo confieso: no fue mi única mala experiencia con un directo en televisión, tengo otra que no fue culpa mía, pero en la que lo pasé fatal, y mientras oigo al realizador de fondo hablar con el productor acerca de lo de Galicia, se me pasa por la cabeza el momento Juan Luis Guerra, como si lo estuviese viendo ahora mismo.

Era un especial de verano de la época en la que yo presentaba *Sábado y confeti*. Se hacía al aire libre con el puerto de Alicante de fondo. Era una gala complicada por lo de varios presentadores, un montón de técnicos, los artistas con sus respectivos músicos, las marcas que se anuncian (que se ponen superpesados...), en fin, un cirio del copón.

Bueno, dentro de los nervios y el jaleo normal, todo iba bien hasta que me tocó a mí presentar a Juan Luis Guerra al volver de la publi. Ahí me tienes a pie de escalera para, en cuanto salga la cortinilla musical, subir y aparecer en el escenario con mi maravilloso y vaporoso vestido. Era importante lo de entrar en el escenario y no estar ahí antes, por la cosa de la agilidad del *show*. Bueno, y porque así caminaba por el escenario hasta llegar al centro y el vestido se movía con la brisa y el efecto era superbonito.

Bueno, pues ahí me tienes a mí, como decía, a pie de escalera cuando Juan Luis Guerra, que era a quien tenía que presentar, me dice:

—Falta un músico, no podemos salir.

Tócate los cojones. Ahí estaba yo con ese señor tan alto con su sombrero y su barba diciéndome que no salía. Intenté que entendiera que tenía que salir sí o sí.

—Ya… Mira, Juan Luis, es que esto es un directo, no podéis no salir. Además, la actuación es en *playback* y sois un montón. Si falta un músico, nadie se va a dar cuenta. Le decimos al realizador que no pinche en cámara el hueco vacío y listo, ¿vale?

—No, es que no podemos salir.

—Estamos en directo. A punto de volver de publicidad.

—Pues diles que pongan más anuncios, ¿no?

¿Más anuncios? ¿Pero este señor se piensa que yo soy la matriz de la televisión o qué? Mira, empezaron a castañearme los dientes. Quise decirle que, POR FAVOR, en cuanto oyera que yo decía su nombre salieran todos, que subieran las escaleras y se fueran colocando cada uno en su sitio, que yo, con mi micro de mano, le haría a él un par de preguntitas tontas, que me iría entre aplausos y que ahí comenzaba a sonar la música, y que probablemente, entre pitos y flautas, ya habría llegado el músico de la discordia, pero que, por favor, saliera.

Bueno, pues con el mismo tono con el que pensaba darle

estas explicaciones, señalando y todo con la mano las escaleras y el escenario, mientras le miraba fijamente a los ojos, esto fue lo que salió de mi boca:

Ay, mira, nena, tócame el paquete,
que sea con amor y vaselina,
y dame medicina como a un niño
que se malzao la hemoglobina.

No me preguntes por el cruce de cables ni lo que pasó, el caso es que el hombre entendió a la perfección lo que yo le estaba pidiendo y las señas que le hacía con la manita, porque no se sorprendió ni se descojonó ni nada. Simplemente asintió y dijo «Vale». Yo le di las gracias muy educada y sonriente como si no le acabara de soltar la propia letra de su canción hablada y en plan dar órdenes. ¡Y salió bien! Es decir: cortinilla musical de vuelta de publi, el regidor me da la señal y entro con mi vaporoso vestido en el escenario de *Alicante, mira que eres guapa*. Entusiasmada digo que tenemos el honor de contar con una estrella internacional, «¡Juan Luiiiis Guerra!» (reconozco que el «Juan Luiiiis» sonó a «sube a cantar pero ya»), y entre salvas de aplausos y vítores, mientras notaba la nuca empapada de sudor, no por la humedad, sino por los nervios de que el Guerra me dejase vendida, lo veo aparecer en el escenario seguido de sus músicos.

Qué alegría me dio; ni los Reyes Magos cuando era cría. Me puse tan contenta que, en vez de los dos besos de rigor, le di un abrazo como si fuera mi hermano recién llegado del Pirineo andorrano. Me dio tal subidón que, en vez de preguntarle por su gira y su último disco, le pregunté qué tal la familia. Bueno, el caso es que salí del escenario en cuanto pude y ahí se quedaron con el pez en tu pecera y todo eso. Nunca supe si, finalmente, el músico había llegado o no, y tampoco me importó. Lo único que pensé fue que un directo en televisión era una cosa peligrosa que había que evitar en la medida de lo posible, y que, ya que me había librado una vez, mejor no jugármela más. Claro, entre eso y lo de Nochevieja de Concha Velasco habían pasado muchos años, y debe de ser que los directos son como los partos, que dicen que una olvida lo malo. Por eso me metí en el programa de Nochevieja. Pequé de inconsciente y olvidadiza. No sé, el caso es que ahora lo tengo superpresente y no voy a hacer otro directo, a no ser que haya que hacerlo, claro.

Me acerco al realizador.

—Oye, Chema, que no sé qué dice la gente de que igual nos vamos a Galicia. A ver, yo necesitaría saberlo ya, para organizarme con el niño, que luego todo son prisas y…

—No, no, tranquila. Tú estarías en plató y darías paso a las conexiones con el balneario.

Oigo «conexiones» y «dar paso» y vuelvo a temblar, me castañean los dientes y me entran ganas de hacer caca.

—Ah, clarooo… o sea, yo aquí y los famosos… Vale, ya.

—Rita.

—¡¿Dime?! —Debo de parecer el muñeco diabólico sonriendo. Lo cierto es que me gustaría desmayarme.

—Que igual no se hace, porque Beltrán nos ha mandado el vídeo de…, bueno, ya sabes… de lo de la Nochevieja esa... —Asiento y cierro los ojos—. Y dice que no solo nos arriesgamos a que vuelvas a entrar en cortocircuito porque se te ha quedado un trauma, sino que correría de nuestra cuenta la factura del psicólogo. En producción están haciendo cuentas y, entre el desastre de salir tú en directo diciendo cosas sin sentido y lo del psicólogo, pues que igual no compensa.

¡Ole, mi Beltrán! Es mi Paquita Salas pero en señor con gafas.

—Ah, claro. Gracias, Chema. Sí, bueno, quiero decir, gracias por contármelo todo con tanta delicadeza y no incluir palabras como mierda, cagada o desgracia, por ejemplo.

—Nada, mujer. Un placer.

Suspiro aliviada. Miro el móvil mientras colocan el micro a la invitada, que es una experta en gimnasia facial (¡flipa!), y veo que tengo un wasap de Beltrán:

—¿Todo bien? Llámame cuando puedas, que es para lo de las fotos de los cosméticos ecológicos.

—Te quiero —le contesto.

Pocas veces lo he dicho tan de corazón y tan sinceramente.

Al salir del programa recuerdo que tengo que ir al hospital a darle las revistas de mecánica a Ernesto, que ya se las tenía que haber llevado ayer, y tampoco me olvido de la misión Antón, así que lo primero que hago es llamar a Dulce Atardecer. No hay manera. Nada, que no me ponen con Julia ni con el director de la residencia. En cuanto digo por lo que llamo, enseguida me dicen «No se puede poner». Así que no tengo otra que mentir.

Espero un poco antes de hacer la tercera llamada, cambio la voz, pongo acento catalán y digo que soy la sobrina de Julia y que, a ver por favor, que se ponga. ¡Eureka! Julia se pone al teléfono, pero ahora sí que la he confundido del todo, porque le han dicho que soy su sobrina y ella se encuentra con una señora que no conoce de nada (yo) y que le dice algo de que si puede ir a visitarla para hablar de Antón. En cuanto digo «Antón» se pone a llorar como una magdalena. Ay, Dios. Que la he vuelto a cagar. Entonces coge el teléfono otra persona:

—Hooola. ¿Quién es?

—Yo soy... Eeeh..., soy familiar de Julia. ¿Y usted?

—Ah, yo soy una amiga de aquí. Me llamo Mariluz, encantada.

—De acuerdo, Mariluz. Mire, yo no soy familiar ni nada. Soy voluntaria y trabajo en el hospital donde está Antón.

—Aaaah —baja la voz, cómplice—, tú eres la que llamaste el otro día cuando se montó el pollo.

—Exacto. Estoy creando una estrategia para que Antón y Julia puedan verse porque los dos lo están pasando fatal.

—Sí, hija, fatal. Julia está que no vive, está en los huesos. Y bueno, como yo soy joven y tengo la cabeza en su sitio, intento ayudarla. Pintamos acuarelas juntas y hablo mucho con ella, pero no hay manera.

—De lo que no hay manera es de que me pongan con el director para ver cómo solucionamos esto.

—Uuuy, hija —baja aún más la voz. Me la imagino tapando el auricular y mirando para los lados—, qué me vas a deciiir. Pero mejor no hablemos de esto por aquí, que las paredes oyen.

No me jodas que igual me están escuchando.

—Ya… Mariluz. ¿Tú tienes móvil?

—Apunta.

Así que mejor llamarla al móvil. Hemos quedado en que mañana voy a plantarme en la residencia para que me reciba el director, la asistente social, la jefa de sala o quien sea. Mariluz me esperará en la entrada y, disimuladamente, me dirá si el director está reunido o haciéndose la pedicura en su despacho o qué. Perfecto. Ya somos un equipo. Mariluz es mi contacto en la residencia, mi espía particular. Qué bien me siento cuando no hago cagadas, la verdad. No sé por qué no las evito más a menudo.

Bien, que digo yo que podía llamar a Toribio antes de ir al hospital con las revistas, ¿no? Es que aquí hay que calcular muy bien los tiempos: si llamas enseguida, pareces ansiosa y desesperada y eso queda fatal; si tardas, pues igual pareces una gilipollas que se da importancia o él se echa novia, así que como es muy difícil elegir, pues mejor sigo mi instinto que me dice que ahora o nunca. Casi han pasado 48 horas, yo creo que tiempo suficiente.

Madre mía, ¿y si tiene novia? A ver, que yo no quiero ser la Vanessa de nadie. Me lo habría dicho, ¿no? O no. Igual es un jeta. O igual es un amor de tío y acaba de romper con su novia y está necesitado de cariño, comprensión y un polvo. Ay, mira, esto es un sinvivir. Voy a llamarle y salimos de dudas. ¡No, quita! Hoy día llamar es muy agresivo. Ya nadie llama. Wasap de voz va, wasap de voz viene, al final vamos a acabar inventando el teléfono.

Cojo mi móvil y carraspeo antes de dejarle el audio: «¡Hola, Toribio! Bueno, Tori. Oye, ¿a ti cómo te llaman tus amigos? No será Toribio, que suena a señor mayor de un pueblo de Castilla-La Mancha».

Empiezo a descojonarme. Qué desastre. Borro corriendo este amago de mensaje, con mucho cuidado de no dar a «Enviar» por error, que sería algo muy típico en mí, pero como últimamente todo me sale bien, pues se borra sin problema. Hay que ir a lo tradicional: el wasap escrito nunca falla. Lo escribes, lo repasas, lo lees y relees, pones bien las comas, lo vuelves a leer en voz alta para oír qué tal suena, cierras los ojos y te imaginas su cara cuando lo reciba y... ¡basta, TOC! No queremos TOC ni dismorfia. Bueno, dismorfia sí, que me permite comerme una caja de campurrianas sin cargo de conciencia, pero TOC no. Fuera. A por el wasap.

> ¡Hola! Soy Rita, la del coche, la del okupa que no existe porque ya no se oye nada. ¿Qué tal?

Perfecto. Joder, *En línea*. Joder, *Escribiendo*. Qué rapidez. Qué ilusión. Qué bueno que está este hombre, por favor.

> **Toribio**
> Hola. Todo bien, aquí, manteniendo el orden y velando por el ciudadano. ¿Quieres cenar? Te invito

Míraloooo. Parecía medio tonto y míralooo qué lanzado. A ver si me va a dejar de gustar. A ver si se piensa que soy una facilona desesperada, pues no, hijo, perdona, te estás equivocando de mujer.

> ¡¡¡Genial!!! ¿Dónde quedamos? ¿Hora? ¿Puedo elegir restaurante?

> **Toribio**
> Restaurante no, en mi casa mejor

No hay emoticono con los ojos lo bastante abiertos para contestarle. No sé, que yo soy de las de la primera noche, vale, pero eso lo sé yo, no él. Se ha debido de dar cuenta porque, como no contesto, sigue escribiendo él:

> **Toribio**
> Oye, no pienses mal. Es que no me fío de lo que me pongan en los restaurantes, por eso nunca como fuera. Yo solo me fío de lo que yo cocino. Luego si quieres, tomamos fuera el café o la copa

Ah, vale. Que solo es un tacaño de cojones. Estupendo. Bueno, pasemos por este desagradable capítulo lo antes posible:

> Claro, lo entiendo. A mí también me da un poco de asco comer fuera. Dame tu dirección, a las 21h estoy ahí

Lo siento, Ernesto. Te llevo tus revistas mañana. Tengo que acudir a la llamada de las fuerzas del orden.

Capítulo XV

Por qué lo llaman sexo cuando quieren decir esto

Ni siquiera he pasado por casa para cambiarme, para no levantar sospechas. He llamado y he dicho que se nos alargaba la grabación por unos «problemillas técnicos». No sé de dónde saqué esta cara dura y este arte para mentir, la verdad, con lo bien que me educaron en casa, pero no voy a decir «Zósimo, Bruno, ahí os quedáis que me voy a cenar a casa de Toribio». Ojos que no ven, pues ya sabes, hostia que te das. Además, mejor, así no llevo el coche (al programa voy y vengo en el de producción) y después, pase lo que pase, que ya sabemos lo que va a pasar, pues que él me lleve a casa, y así pasamos otro ratito juntos después del sexo, ¿no? Pues eso.

Me bajo del taxi en Hermanos García Noblejas. No es que la zona sea El Viso precisamente, pero veo que el edificio es de una zona nueva en la que están construyendo. No me he tenido ni que maquillar porque vengo del programa, pero sí es cierto que esto igual es un poco demasiado porque, con el calor, la plasta esta espesa que te ponen se me empieza a derretir y cuartear. Espero no llegar hecha un cuadro. A ver si se piensa que soy de las de «Avon llama a tu puerta» y me da con la ídem en las narices. Por eso, en cuanto abre le digo:

—Soy yo, Rita. Es que vengo de grabar directamente y ni tiempo he tenido de arreglarme y quitarme esta..., puaj..., esta plasta. Estoy horrible, ¿verdad? Pero soy yo, en serio. Seguro que puedes reconocerme por mi voz… Ja, ja, ja, ja. —Risa estúpida—. ¿Quiere el DNI, agente?

—Hola, Rita. —Uy, qué serio—. Pasa, pasa.

Es un apartamento chiquitín pero muy mono. Bueno, más bien es un estudio. Bueno, entre apartamento y estudio. Todo es muy nuevo, blanco y minimalista. Si es que está claro: menos es más. Nada más entrar, ya estás en la cocina, que no tiene puerta de separación con el salón, menos mal que este tiene unos ventanales enormes para poder ventilar, porque si no, imagínate que te pones ahí a freír croquetas. En el salón hay una puerta que da, ejem, al dormitorio. Dejo el bolso encima de la cama. Solo hay una cama grande, una mesita pequeña y una lámina de King Kong en el Empire State Building. ¿Para qué más? A mí con esto me basta y me sobra para mis planes. Y en la otra parte del dormitorio hay una puerta que no abro pero que se ve que da al baño. Muy bien, perfecto.

Vuelvo a la cocina. Toribio está cocinando pasta. Está terminando de hacer unos raviolis rellenos de calabaza con una salsa muy fina. La verdad es que huele fenomenal. Pasta para cenar, hidratos. Bueno, un día es un día, pero tengo que tener cuidado, que el otro día me probé la ropa de verano y, como vulgarmente se dice, solo me quedaba bien el abanico.

Estoy pensando todas esas cosas y haciendo pinza con los dedos en la molla de la tripa para ver cómo va, cuando Toribio trae a la mesa una fuente de raviolis con una pinta que te mueres. Este chico es una joya, seguro. Al acercarse a servir me fijo en que quizá tiene las cejas demasiado rubias. Meh…, no me convence. Vale que haya personas rubias, pero las cejas siempre tienen que ser un poquito oscuras, porque si no parece que los ojos quedan sin enmarcar y la cara se desdibuja. En fin, no se puede tener todo.

Empezamos a comer y alabo los raviolis porque de verdad, Virgen del Motocross (que diría un amigo mío asturiano), qué cosa más rica. La calabaza le da un toque dulce que se deshace en la boca, y la salsa es una cosa finísima de una nata muy suave que no te puedo describir, tendrías que probarlo. Bueno, quería quedar bien comiendo como un pajarito, pero no hay manera. Esto está tan bueno que repito dos veces más. También es que Toribio, en el colmo de la finura, me ha puesto raciones de restaurante francés y yo por ahí, no. Se pone contento cuando repito, pues hala, otra ronda, caballero.

Me cuenta que se acaba de separar (¿ves? Te lo dije) y lleva en este piso poco más de tres meses. Tiene un niño de cinco años (qué mono) y poco más que contar. Bueno, sí, que tiene cuarenta y un años y mucho apetito sexual, porque desde que se separó no ha conocido mujer (esto lo pienso yo, no lo dice él). Yo le digo que tengo treinta y nueve. Hala, me he quitado tres años de un plumazo. ¿Por qué hago estas tonterías? En cuanto me vaya lo puede mirar en la Wikipedia y quedo fatal, porque hay un ser obsesionado con mi Wikipedia. Cada vez que yo me quito años, a los cinco minutos ya está corregido. Hombre de Dios (porque esto es un tío, un *nerd,* seguro, tanta obsesión no es normal), con la de cosas bonitas que hay que hacer en la vida, como regar plantas o cortarse las uñas de los pies, y tú ahí encerrado. Me imagino a un tío con gafas y sobrepeso, comiendo *pizza* con queso chorreante, sentado delante del ordenador mirando fijamente mi Wikipedia, esperando a que yo me quite años para decir «¡Te pillé! Esto está mal. Tienes 42, lo voy a poner». En fin, la gente, ya sabes.

Bueno, la primera cagada de la noche está hecha, ha sido mentir sobre mi edad, a ver si luego lo arreglo y, sobre todo, si soy capaz de no cagarla más.

El postre es un *mousse* de limón.

—¿También lo has hecho tú?

—Claro —dice Toribio orgulloso.

—Pues está…, mmm…, para chuparse los dedos.

Cuando digo «chuparse» me atraganto un poco con la palabra y con el *mousse,* porque lo que está claro y ambos sabemos es que el dormitorio está al otro lado de la puerta.

Hablamos de chorradas, fundamentalmente de las mías, porque le fascina el mundo de la tele y la farándula como a casi todo el mundo que tiene una vida normal. Cuando me pregunta que con quién dejé a Bruno, casi se me escapa «con el okupa que vivía al lado, que ahora es mi invitado y mi amante», menos mal que anduve viva y dije «con la canguro», así, dándome importancia y tal.

Vale, fin del postre. ¿Y ahora? ¿Cómo se enrolla una con un tío que te gusta? Porque lo de Zósimo fue una cosa absurda, me abalancé encima de él para que olvidara que me acababa de descojonar de su nombre. ¿¿¿Pero esto??? Estoy desentrenada. Pienso que tengo que entrarle y solo se me ocurre hacerle un esguince en el pie para quitarle el balón.

—¿Quieres una copa?

—Eeeeh… no. No bebo alcohol.

—Ya, me he fijado en que no has probado el vino. ¿Eres abstemia?

—No, musulmana.

—¿Perdón?

—No, que es que me sienta fatal el alcohol, entonces, ¿*pa* qué? ¿Verdad? Mejor estar con los cinco sentidos en su sitio.

—Claro —dice él—, es el único modo de enterarte de todo lo que pasa y disfrutarlo como se merece.

¡Toma ya! Esto va con intención, con tanta intención que nada más recoger los platos del postre, mientras yo me levanto para llevar las copas, se me acerca con sonrisa de «que vamos a follar lo saben hasta los del telediario». Huele fenomenal, a fresco, a limpio, no a ravioli ni nada de cocina. Ay, el momento ese justo antes del beso con la persona que deseas. Ay, el corazón que se lanza. Ay, que te palpita el útero. Ay, que abro los labios, cierro los ojos y lo que hace es darme un abrazo. Mierda, ¿dónde está el beso? Bueno, empezamos por el abrazo, vale. Es un abrazo de amigotes. Solo le falta darme palmadas en la espalda.

Voy girando la cabeza muy despacio, pero él la gira hacia el otro lado, con lo cual es imposible encontrarle la boca a no ser que seas la niña del exorcista y tengas la habilidad de girar la cabeza 360 grados. Pues sí que me lo está poniendo difícil Toribio. Estoy planteándome cogerle la cabeza con las manos y sujetarla para que se esté quieto cuando… ¡¡¡Alehop!!! Me coge en brazos y me lleva a la cama, pero no me tira encima, no. Me sienta delicadamente en el borde. A ver, o yo estoy flipando o aquí están pasando cosas raras.

Ahí estoy sentada, ojiplática como un muñeco de José Luis Moreno. No sé qué decir, así que es él quien rompe el hielo.

—Supongo que querrás ducharte antes de nada, ¿verdad?
—¿Ein?
—Pues hombre, que vienes de trabajar…, sudada…, los focos, ya me entiendes. Que estarás deseando ducharte.
—Aaaah, claro. Sí, sí. De hecho lo estaba deseando desde que llegué, pero no me atreví a decírtelo.

Estupendo, ahora me siento como una cerda a la que le tienen que decir que se duche. No acabo de pensar esto cuando Toribio, todo sonrisas, me hace entrega de una blanca y esponjosa toalla. Me siento un poco ridícula caminando hacia la ducha. Él está tumbado en la cama y me guiña un ojo. Sonríe. Vamos, aquí sexo va a haber seguro. Y lo de la ducha ha sido un gesto muy caballeroso por su parte para que esté cómoda, y punto.

Antes de cerrar la puerta del baño me dice:
—Al lado de la cisterna hay toallitas húmedas, supongo que las puedes usar para desmaquillarte antes de ducharte y que no te entafarres con el maquillaje. En la repisa hay crema hidratante para luego. Sírvase a gusto, señorita.

Joder, qué caballero tan mandón. Le doy las gracias sonriente pero jodida y entro en el baño con esa toalla que, más que toalla, parece una manta paduana. Vaya con Toribio: ducha y toallitas desmaquillantes. Solo le falta darme una cuchilla de afeitar y cantamos línea y bingo.

Me siento un poco rara mientras me desmaquillo la cara con las toallitas del culo, pero oye, todo sea por un polvo bien echado. Mientras me ducho pienso en Jaime. Ay, Jaime, es una pena que no puedas verme ahora mismo. Mírame: me estoy duchando porque tengo ahí afuera a un cañón de infantería listo para dejarme como a un pincho moruno. Bueno, a lo mío. Está todo tan limpio que parece que este baño nunca lo ha usado nadie. Seguro que se ha dado una paliza para dejarlo todo impoluto para mí, es de agradecer.

Hay tres dispensadores: gel, champú y suavizante, y un peine en un plastiquito sin abrir, como en los hoteles. Lo de las cremas hidratantes es una pasada: hay como siete diferentes, intercaladas con tónico facial, exfoliantes, alcohol de romero y también un botecito de hidroalcohol para las manos como el que usamos en el hospital. ¿Y todo este muestrario? A ver si Toribio va a ser un depredador sexual, un follador nato, y esto pertenece a cada una de las amantes que ha pasado por su casa. Pues para llevar aquí solo tres meses, lleva buen ritmo. El cabezal de su cepillo eléctrico está cubierto con papel film transparente, como el que usas cuando guardas la comida en la nevera.

Salgo duchada y envuelta en la toalla un poco-bastante-muy nerviosa. Menos mal que tengo toalla para esconderme dentro, porque con mi dismorfia no me puedo dejar ver así como si nada, claro. Toribio está dentro de la sábana, intuyo que desnudo, ha dejado entreabierta la puerta para que entre un hilito de luz y otro de aire acondicionado. Perfecto. Esto empieza a ser perfecto.

Me meto en la cama, le sonrío y comienzo a acariciarle la tripa lisa y dura. Qué envidia de barriga. Justo cuando estoy a punto de agarrarle el muñeco, que ya sé que está duro y tieso porque lo rocé sin querer, me coge la mano.

—¡Espera!

—Ay, qué susto. —Es verdad. Me ha asustado, coño.

Se gira para coger algo de la mesita y dice:

—Uf, cómo me duele la espalda cada vez que me giro, a ver si voy a tener cáncer de pulmón.

—No, hombre…

—No, hombre, no. Que a un amigo mío le dolía la rodilla y resulta que era un sarcoma. La pierna se la cortaron y él murió a los tres meses.

Pero qué coño… Ha sacado una caja con guantes quirúrgicos. TE LO JURO. Se pone dos y me invita a que yo haga lo mismo. Este tío es gilipollas, ya no hay excusa ni salvación. Me pongo pacientemente los guantes. Hago una segunda intentona de tocarle y darle un beso, pero me frena. Se vuelve a girar hacia la mesita, vuelve a decir lo del cáncer de pulmón y el sarcoma del amigo y me da una mascarilla mientras él se pone otra, y no una mascarilla azul quirúrgica, nooo, una FFP2 de esas que parecen bozales. Vamos, que no me puedo acercar a su cara prácticamente.

Cuando ambos tenemos la equipación completa, guantes y mascarillas, se coloca encima de mí con mucho cuidado, manteniendo el equilibrio sobre los codos para no rozarse conmigo. Por un momento espero que se ponga a hacer fondos como en las pelis del ejército. Yo extiendo los brazos a lo ancho de la cama para que sepa que no tengo intención de tocarlo. Si no fuera porque está encima de mí, parecería que me voy a echar a volar.

—*Fqut daboca mizah onte...* —Se quita la mascarilla—. Perdona, te decía que la boca es el refugio favorito de virus y bacterias. Estoy convencido de que muchas de las enfermedades vienen de ahí… ¿Tú sabes los millones de virus que hay en una gota de saliva? De verdad, esto es por mí pero también por ti.

—Ya, ya… Que sí, vale —le digo apartando un poco la mascarilla y girando la cabeza para no alcanzarle con mis virus mutantes.

Dicho esto, se vuelve a colocar la suya y, mientras sigue manteniendo el equilibrio sobre sus codos y las puntas de los pies para no tocarme, noto cómo con el pito (por supuesto, enfundado en un condón, lo único normal quizá hasta ahora) va buscando la entrada. La entrada a mi interior, quiero decir. Yo miro fijamente al techo, con la mascarilla tampoco puedo darle muchas instrucciones, pero se ve que el muchacho tiene callo en esto, porque tantea un par de veces y, hala, acierta. *Pa* dentro se ha dicho. Canasta.

Cierro los ojos, con la mascarilla no respiro bien, pero chico, es lo que hay. Toribio culea un par de veces. Otro par de veces más y le empiezan a temblar las nalgas. Supongo que con los guantes sí le puedo tocar el culo, ¿no? Le toco para comprobarlo y, efectivamente, le tiemblan las nalgas porque está a punto de correrse. Hala, punto final. Ni siquiera se desploma encima de mí, hace la croqueta y rueda hasta quedarse a mi lado, también mirando al techo. Se quita la mascarilla y me dice:

—¿Qué tal?

—¿Yo? Pero si ni me he enterado.

—Jo, tía, perdona, es que desde que me separé no había vuelto a hacer nada y claro…, pero si esperamos un poco…

—No, no, deja. Claro, porque de hacerme algo con la boca ni hablamos, ¿no?

Abre los ojos horrorizado.

—Vale, vale. Supongo que mi vagina es el caldo de cultivo perfecto para todo tipo de bichos invisibles malignos que pueden acabar con tu vida. —Asiente—. Oye, sabes que eres hipocondríaco, ¿no?

—Hombre, yo no diría tanto. Precavido, más bien. Eso es lo que me dice mi compañero cada vez que me toca conducir y desinfecto el volante y el asiento con alcohol. Es precaución, nada más.

—Ya, ¿tienes un trauma o algo de cuando lo del coronavirus? ¿Algún fallecido cercano, estuviste enfermo o algo?

—Nooo…, qué va. Mira, ya de pequeñito, cuando mi madre me limpiaba el culo después de hacer popó —ha dicho «popó», quiero irme de aquí—, no le quedaba otra que meter la mano en una bolsa de plástico y luego forrarla de papel higiénico como una momia, si no yo no me dejaba limpiar. —Y se descojona.

—Ya… Bueno, pues como aquí ya está todo el pescado vendido —menos el mío, que está sin tocar—, si no te importa, llévame a casa.

—Es que no tengo coche, tía.

—No tienes coche.

—No, el coche es una máquina letal. Vamos, porque en el trabajo no me queda otra, pero ya he pedido el traslado a Seguridad en Comisaría General. Ahí, todo el día en la puerta, tranquilo. ¿Tú sabes las posibilidades de morir que tienes cada vez que te subes a un coche? Por eso yo digo, viva el transporte público. Eso sí, todo el mundo debería llevar guantes. ¿Te puedes creer que la gente se agarra a la barra sin guantes? Yo flipo mucho. —Mueve la cabeza, preocupado por el futuro de la humanidad que va por ahí con las manos llenas de virus de otro.

—Bueno, pues nada, Toribio. Me pido un taxi y listo.

—¡Perfecto!

Comienza a vestirse silbando. Lástima de culo y de cuerpo. Parece contento y todo. A ver si va a ser gilipollas y no se ha dado cuenta… Empiezo a hacerme una idea de por qué se ha separado, lo que no me cabe en la cabeza es cómo alguien ha podido casarse con semejante satélite.

Estoy yendo al ascensor cabreada como una mona y me dice desde la puerta:

—Oye, un besito, ¿no?

Me acerco desconfiada, abro los labios y me da un besito en la frente. Solo le falta hacerme entrega del bocadillo y la mochila y decirme: «Pórtate bien y no hables en clase».

Ha sido el polvo más extraño de mi vida. A ver qué opina Berta.

Mañana le llevo a Ernesto las revistas de mecánica sin falta, en cuanto me levante me voy para el hospital. Quiero olvidar este episodio de mi vida cuanto antes. Menos mal que Jaime no ha podido verlo. Qué vergüenza. Lo que se iba a reír el cabrón.

Capítulo XVI

En ocasiones llevo cajas

Estoy borrando ya de mi cabeza esta extraña experiencia de sex... Bueno, la extraña experiencia por la que pasé ayer, y creo que lo estoy consiguiendo. De hecho, ya estaría totalmente conseguido si no fuera porque Toribio no para de dejarme wasaps. Ya ni los abro. Son las once de la mañana, estoy yendo al hospital y ya me habrá mandado unos ocho. En los dos primeros me daba los buenos días, en el tercero volvía a darme los buenos días con un cartelito de una bonita abeja libando una flor, precioso. Espero que no fuera una alegoría de lo que pasó anoche, porque vamos, cuando lo vi encima con la mascarilla y los guantes, te juro que no supe si su intención era echarme un polvo o hacerme una autopsia. En fin. Que yo le he devuelto los buenos días muy amable y correcta, nada más, y ahora lo tengo *on fire*. Más patrullar y velar por el ciudadano y menos móvil, coño ya.

Ya podía aprender Jaime. Es increíble, increíble que no me haya dejado un triste wasap en dos meses. Qué fuerte, cómo puede cambiar alguien de esta manera. Bueno, a lo mejor el hecho de que lo tengo bloqueado influye algo. ¡Pero no! Si uno tiene interés, le pide el móvil a otra persona y te escribe. Me descoloca mucho esto de que alguien que forma parte de tu intimidad total, de tu vida, que es casi como una pierna o un brazo porque ya lo tienes completamente integrado en tu ser, de un día para otro ya no está contigo y desaparece totalmente siguiendo vivo por ahí. No es normal, ni moral. Se debería sacar un decreto ley o algo acerca de las rupturas para que no sean traumáticas, no sé, obligatoriedad de seguir un tiempo en tu vida aunque con menos presencia gradualmente, para que no sea todo tan raro y doloroso.

No quiero darle más vueltas al molinillo. Por fin le estoy llevando las revistas de mecánica a Ernesto, que no se lo va a poder creer cuando vea que en vez de una o dos, traigo la colección entera. Casi no puedo con ellas, pesan muchísimo. Van dentro de una caja enorme, que me viene genial porque ya sabemos que hoy no es mi día de voluntariado y, en teoría, yo no pinto nada aquí, así que la caja me sirve de parapeto para que no se me vea la cara. La última vez que vine de incógnito fue para Walter... Qué mal terminó todo, qué horror. Siento un escalofrío que me recorre la espina dorsal mientras se abre el ascensor. Cuando llego a la habitación de Ernesto, llamo suavemente con los nudillos en la puerta entreabierta. Dentro está el médico, de espaldas, hablando con una chica morenita que me parece muy mona, por lo poco que puedo ver por el resquicio de la puerta. Bueno, toca esperar.

Apenas suelto la caja en el suelo, sale el médico. ¡Hola, ley de Murphy! Siempre conmigo, ¿eh? Vuelvo a doblar el espinazo, cojo la caja y entro en la habitación. Ernesto está dormido y la chica llora muy serena. Tiene un clínex hecho un burruño en la mano y apenas tiembla o se le escucha, pero unos lagrimones enormes le caen desde los extremos de los ojos y le recorren las mejillas enteras. No son lágrimas discontinuas, son líneas enormes de llanto. Algunas han hecho pequeños charquitos en el suelo. Vaya, malas noticias, y aquí estoy yo en el momento menos oportuno con un montón de revistas de coches, pistones y émbolos.

La chica se levanta de la silla en cuanto entro y me sonríe. Lleva el pelo rizado en una coleta alta y es muy joven. Su hija, seguro.

—Hola, perdona. Mira, yo soy voluntaria, supongo que eres la hija de Ernesto, ¿verdad?

—Sí —lo dice muy bajito a la vez que asiente con la cabeza.

—Ya… perdona. Mira, estuve con tu padre el otro día y me pidió revistas de mecánica. Te las dejo aquí y cuando se despierte, ya se las das tú… Siento, siento que…, bueno, ya he visto salir al médico y supongo que no te ha dado buenas noticias, así que mejor…

—No —me corta dulcemente—. Mi padre acaba de fallecer, pero gracias de todos modos. —Y le vuelven a caer lágrimas a borbotones mientras ella sonríe un poco.

Qué suerte de serenidad y aceptación. Cuántas cosas aprendo aquí. Un momento. Ha dicho «acaba de fallecer». Giro la cabeza y veo que, efectivamente, Ernesto ya no está. Lo que hay en la cama es solo un cuerpo vacío, es una funda; no encuentro otra palabra que lo describa mejor. Me acerco un poco entre horrorizada y fascinada por el descubrimiento. Su cara está tan amarilla como cuando lo visité, tiene la boca ligeramente entreabierta y los ojos parece que están completamente cerrados, pero no llegan a juntarse del todo las pestañas de arriba con las de abajo, y se vislumbra una pequeña rendija blanca.

Bueno, aquí estoy por primera vez mirando frente a frente a la madre de todos mis monstruos. El impacto hace que me cueste volver a conectar con la realidad, pero las conexiones de mis neuronas esta vez se ponen a mi favor, se ve que se han dado cuenta de que esta sí es una situación límite y no me pueden dejar tirada. Consigo apartar la mirada de Ernesto, bueno, de lo que era que ya no es, o mejor dicho, de lo que es ahora que ya no es él, eso lo tuve claro desde que lo miré, y vuelvo a su hija. Soy muy torpe para estas cosas, me pongo nerviosa, no sé qué decir, y puedo parecer poco cariñosa o maleducada, pero es horror, no desapego. Voy a intentarlo.

—Lo siento mucho. —Quiero abrazarla, pero sigo con la caja en las manos. Soltarla significa que me quedo un rato, y ni quiero ni pega en esta situación. Respeto también es saber cuándo tienes que dejar a alguien a solas—. Bueno, me voy entonces. Aquí hay un equipo de gente genial, te ayudarán con los trámites tan pesados que hay que hacer. —Me encojo de hombros—. Llora, pero intenta comer y dormir. La debilidad se va a la cabeza, no es buena consejera.

Sonríe entre los lagrimones y asiente. Pobre, no puede ni hablar, se ahogaría en ella misma.

Cuando estoy saliendo por la puerta la oigo murmurar:

—… Si es que ya estaba tan malito. Demasiado ha aguantado, el pobre…

Me quedo parada un segundo dándome cuenta de la enormidad que es esto para mi TOC. Avanzo a trompicones con la pesada caja mientras yo también noto que me ahogan las lágrimas. ¿Estoy soltando la tensión vivida ahí dentro o es algo más? No, es algo más y yo lo sé. Él ya estaba fatal cuando lo vi hace tres días. Le prometí las revistas para el día siguiente, y no se las traje por quedarme con Zósimo primero y con Toribio después. Mi egoísmo le ha impedido darse el último gusto antes de morir: ver sus queridos coches. Lo vi muy débil, apenas sin voz, joder, estaba claro. ¿Por qué no vine antes? Mi idea era sentarme en la cama, ir pasando páginas y parando cuando él me lo dijera, leyéndole los artículos que él quisiera… Fue lo único que me pidió, lo único. Y he sido incapaz, he llegado tarde.

Me siento tan mal que me noto mareada. Apoyo la caja en el suelo y, en cuclillas, escondo la cabeza y lloro y lloro, y digo «Perdóname, Ernesto» en bajito mil veces. No sé si esto es TOC o si realmente ha sido tan terrible mi comportamiento, solo sé que, para mí, este dolor es absolutamente real. La sensación de haber dejado tirada a una persona a punto de morir me traspasa, casi como si yo fuera culpable de su muerte. Tengo que levantarme y salir, porque necesito aire y porque aquí dentro alguien podría preguntarme qué me pasa, y si descubren que estoy en el hospital el día que no me toca y el lío en el que me he metido, me cae la del pulpo. Por algo te dicen que está prohibido venir fuera de turno. O se mantiene el orden y la distancia que proporcionan el turno, tu compañero y la bata, o corres el peligro de meterte en situaciones así.

Me siento ridícula cargando con la caja y sin poder limpiarme las lágrimas, sorbiendo los mocos como una cría pequeña. Hola, Elvirita, cuánto tiempo. ¿Has hecho los deberes? Anda, merienda, que no me comes nada.

Agradezco el viento que me da en la cara al salir. Sería mejor que estuviera un poco más fresco, pero como el calor ya aprieta, una brisa se agradece mucho por pequeña que sea. No sé qué hacer con las revistas, tirarlas me parece hacer un desprecio al pobre Ernesto, pero a él qué más le da, si está muerto. Y yo pude hacerle feliz una última vez y fui incapaz de venir por mi puto egoísmo. Pude cumplir su última voluntad y le fallé. Seguro que él estuvo esperando verme aparecer por la puerta... Seguro que cada vez que se abría, pensaba que era yo. Madre mía, cómo voy a salir de esto. Es insoportable. ¿Cómo se quita la culpa? ¿Cómo puedo...?

De repente alguien me llama. Es una voz masculina suave pero muy clara que ha dicho mi nombre. Ya está. Me han pillado. Sorbo los mocos una última vez y me doy la vuelta, y que pase lo que tenga que pasar, total, ya no creo que sienta nada.

Pero no hay nadie. Te juro que he oído mi nombre, me han llamado. Tengo mis cosas, pero no estoy loca. No hay nadie, pero alguien dijo mi nombre justo a mi espalda. Un hombre, un hombre que habla suave. De repente, comprendo sin hacer ningún esfuerzo que él no habría podido ver esas revistas porque cuando yo lo visité apenas podía mantener los ojos abiertos. Comprendo que, por extraño que parezca, yo no he fallado ni he hecho nada mal. Y lo más fuerte: comprendo que todo está bien. Y más fuerte todavía, comprendo que ha sido el propio Ernesto el que me ha llamado.

Que sí, que lo sé. Que esto suena a tía pirada, pero cuando lo vives no te queda ninguna duda de que ha pasado, y de que no es nada extraño ni terrorífico. Es algo bonito, una comprensión y una claridad que te atraviesan y no dejan espacio a la duda, la culpa o la tristeza siquiera.

Tranquilamente, me acerco a un contenedor de cartones y tiro la caja. Sin agobios ni penas ni nada. Solo estoy tirando algo que no sirve, sin ningún valor sentimental. Ya nunca llegará a su destinatario por el simple hecho de que no lo necesitaba.

Uf, qué peso me he quitado de encima. Estiro la espalda, cojo un clínex y me sueno los mocos bien, sin sorbidos guarretes ni manga, que yo soy muy de tirar de manga en situaciones límite, pero como hace calor y llevo tirantes, pues ni eso.

Camino hacia el *parking* extrañamente feliz, como si hubiera hecho un gran descubrimiento que tiene las respuestas a todo.

Recuerdo que tengo el móvil en silencio, lo cojo para darle volumen y veo once wasaps de Toribio, una llamada perdida de Beltrán (¡¡¡yuhuuu, las fotos!!!) y un wasap de Berta que, por supuesto, abro enseguida:

> **Berta**
> Estoy flipando. He descubierto una vidente que te adivina todo, tía. Pero TODO. Hasta me ha dicho el nombre de mi hermano y el día que me viene la regla. Te lo juro. ¿Quieres ir a verla? Te acompaño

Hombre, por favor. Eso ni se pregunta. Exacto: una pitonisa es justo lo que necesito en esta etapa de mi vida tan confusa y llena de hombres, además con un hijo sabihondo, un Satisfyer que no funciona y muertos que me hablan.

> Berta, siempre apareces cuando te necesito. Supongo que estará muy solicitada, pero si me pudieras pedir hora para mañana por la mañana, sería genial. Y si pudiera ser para esta misma tarde, mejor

Siento la urgencia, pero esto es de primera necesidad. Estoy segura de que me entiendes.

Capítulo XVII

Pon una espía en tu vida

—¿Qué te ha pasado? Traes una mala cara que asusta al miedo.

Ole mi Antonia, siempre con la sinceridad por bandera. Me miro en el cristal de la portería y sí, efectivamente, tengo los churretes del rímel por toda la cara. Parece que me he maquillado con una escopeta. Me echo un poco de saliva y le doy con el dedo, autorreconstrucción exprés.

—Ya… Si yo te contara. Mejor no te cuento —le digo mientras camino al ascensor.

—Ay, que no sé yo si el inquilino te estará dando a ti mala vida… —Sonríe un poco maliciosa.

Antonia quiere saber, y yo no quiero que sepa.

—Pues no, precisamente él me está dando muuuy buena vida. —Le guiño un ojo mientras se cierran las puertas del ascensor y me siento Meryl Streep en *El diablo viste de Prada*.

—¡Eso ya me lo parecía a mí! ¡Ya sabía yo que ahí tenía que haber turrón! —Se ríe.

Bueno, al menos ya la he dejado satisfecha, le he quitado la intriga a la mujer.

Zósimo está en mi cama, leyendo. Se le nota supercontento nada más verme entrar. Lleva el moño medio deshecho y, curiosamente, ya no me da mal rollo. Ahora le veo Aquaman total. Lo que hace el amor, ¿eh? Bueno, el amor, el sexo, lo que sea. Me acerco y le doy un beso rápido en la frente, que por muy mono que sea uno, el olor del aliento matutino tiene todas las papeletas para ser lo más parecido a un escape de gas.

—Qué guapa estás. Cómo se nota que has tenido una buena mañana.

Ni una. No da ni una.

—Sí, una mañana estupenda he tenido.

He cargado con una caja que pesaba tonelada y media, he visto a un muerto, me he tirado media hora llorando en el *hall* del hospital, luego el muerto me llamó por mi nombre, cargué otro rato con la caja, la tiré, Berta me está gestionando una cita con una vidente y, oye, aquí estoy.

—Ven —me dice Aquaman, muy pícaro él.

—No, no, que me lías y no puedo. Tengo que hacer unas llamadas, hablar con Beltrán de la sesión de fotos, enviar unos *e-mails*... En fin, que vaya mañanita.

Justo en ese momento me llama Almudena.

—Rita, escucha, Antón el pobrecico no tiene muda limpia. Como le trajeron en ambulancia, no trajo *na,* y como aquí no tiene familia... ¿Tú sabes cómo apañar esto?, ¿hablo con la trabajadora social o qué?

—No, no. Yo le llevo. Tranquila.

—Gracias, guapa. —Cuelga.

Se le notaba apurada.

Llamo a Beltrán mientras oigo a Zósimo trastear. Acaba de coger el bote de Baldosinín y está blanqueando las juntas de los azulejos. Beltrán no contesta, normal, estará gestionándome un paraíso fiscal para llevar todos los millones que me van a pagar por los cosméticos ecológicos. Miro a mi tuno de moño sexi y recuerdo que le daban las llaves de su piso en tres semanas..., o sea que tiene que ser prácticamente ya. Le voy a echar de menos.

—Oye, Chiqui. —Mejor Chiqui que Zósimo, lástima que se vaya a ir justo cuando ya le encontré un nombre bonito—. A ti por fin ¿cuándo te dan las llaves?

Se para en seco, se da la vuelta y me mira con el Baldosinín en la mano. Por un momento no sé si va a hablar o si estamos en un *paintball* a punto de comenzar la guerra de pintura. Ay, pero si está triste. Ay, que tiene los ojos brillantes. Ahora no veo a Aquaman, ahora es Nemo buscando a su padre en Sídney.

—Rita, ya las tengo. —Baja la cabeza, tímido—. Me las dieron la semana pasada. Sabía que llegaría el momento en que me preguntarías y se acabaría esto…, pero si lo podía alargar un poco más, mejor. —Me mira—. Me voy cuando quieras.

Ay, no. Chantajes sentimentales no, que me pueden.

Estamos alargando una situación irreal con los días contados. Y yo todavía pienso en Jaime. Necesito perspectiva y con él aquí no puedo. Tiene que irse.

—Puedes quedarte el tiempo que quieras.

Me abraza y noto que está llorando. Él también sabe que yo sé y que los dos sabemos.

—… No, estas son tu casa y tu vida. Y los dos sabíamos que era un apaño provisional. Que yo sé que me tengo que ir, pero no sé cómo. Yo… os quiero, joder.

Mierda, yo también estoy llorando.

—A ver, Chiqui —le sigo abrazando fuerte—, que tengas tu piso no significa que lo nuestro se acabe, pero es cierto que para saber si es real o no necesitamos hacer cada uno nuestra vida y ver si nos echamos de menos. Mientras estamos aquí juntos es difícil saber qué sentimos, más que nada porque estamos todo el rato follando y es que ni siquiera tenemos tiempo. —Muy fino no me ha quedado, pero convincente sí—. Yo puedo pasar a verte de vez en cuando después de dejar a Bruno en el cole. Será como vernos aquí pero en tu casa, qué quieres que te diga, a mí me viene genial llevarme bien contigo, que te necesito para quedarte con el niño mientras trabajo o me voy de compras.

Deshago un poco el abrazo y le guiño un ojo.

—¿De verdad?

Otro que sorbe mocos, seguro que se lo he pegado yo.

—Segurísimo. Chiqui, esto que estamos viviendo aquí es como una burbuja fuera del mundo. No creo que nos ayude. A lo mejor nos viene bien tomar la decisión ya y el resto vendrá rodado: si no nos queremos, nos iremos alejando poco a poco y si nos queremos, pues nos acercaremos cada vez más. Mmm…, no estaría mal vivir en Puerta de Hierro, con piscinita y una urba chula con jardines para que Bruno se eche amistades pijas y todo eso.

Se ríe. Ya lo he convencido. Esto refuerza mi teoría de que los hombres son más simples que las mujeres y que si tienes un poco de tacto, puedes manejar una situación incómoda y convertirla en algo divertido. ¡He dicho!

—Tienes razón. Ahora mismo cojo las cosas y me voy.

¿Por qué no doy con uno normal?

—No, no, espera. Ya te vas mañana si eso. Esta tarde te necesito en casa porque tengo una incursión, o bien en una residencia de ancianos o en casa de una pitonisa.

—Joder, tía. Tu vida es una aventura continua.

—Pues sí, como Indiana Jones pero en cutre, no te lo voy a negar.

Se ríe, me río. Nos abrazamos y retoma el Baldosinín. Mejor, no me sentiría yo bien metiéndome con él en la cama después de lo de anoche. Muy seguido, ya sabes, la moral, la conciencia y esas cosas. Joder, Toribio. Otros tres wasaps.

Tengo cita con la pitonisa mañana, lo de esta tarde ha sido imposible, normal que si es tan buena tenga la agenda llena. Así que voy a Dulce Atardecer a ver qué pasa, por qué no se pone el director al teléfono y qué coño ocurre con Julia, Antón y todo el sarao.

Nada más aparcar llamo por teléfono a Mariluz, tal y como hemos quedado. Mi Mata Hari particular me explica cómo está vestida y yo hago lo mismo. Es genial tener cómplices en los planes arriesgados. Me acerco a la puerta y veo en la entrada a una viejecita con andador. Va vestida como Mariluz. Me sonríe como si fuera Mariluz. Coño, de hecho es Mariluz. Pero ¿no me dijo que era joven? Me puedo imaginar el ambientazo que tendrán aquí, claro.

Paso a su lado y la saludo sin dos besos ni nada, solo subiendo las cejas, porque hay una chica en recepción que está atenta a la jugada.

—El director está en su despacho —me dice Mariluz volviendo la cara hacia la cristalera de la entrada.

Vale, perfecto. Sigo caminando y hablo con la chica de recepción. Ella me mira con los ojos muy abiertos; me ha reconocido, seguro. *Sábado y confeti* lo veía mucha gente.

—Buenas tardes, soy Rita Montes, voluntaria en un hospital de titularidad pública de la Comunidad de Madrid. Necesito hablar con el director del centro o algún responsable. Es acerca de una residente. Y es importante.

La hostia. Cuando quiero soy la hostia.

La chica asiente como asustada, me hace pasar a un despachito acristalado con una pequeña mesa redonda y me dice que ahora viene el director. Ajá. El que siempre estaba reunido, el que nunca podía, mira por dónde que ahora puede. Miro por el cristal y el panorama es desolador: Mariluz pasea con su tacataca mirando hacia un lado y hacia otro, a ver qué pasa, y los sofás están llenos de viejecitas calladas. Una anciana que tendrá unos 117 años se dirige a una puerta en la que pone *Peluquería* cogida del brazo de un señor también entrado en años que supongo será su hijo.

El director entra en el despachito. Me esperaba a un hombre borde y con el pelo grasiento, pero es un tipo aparentemente jovial y encantador. Le explico resumiendo lo que puedo la situación y voy al grano:

—¿Qué posibilidades hay de traer aquí a Antón cuando le den el alta? Si los separan, los matan. Llevan juntos toda la vida.

—Mira, no te voy a mentir, posibilidades pocas. —Se encoge de hombros—. No depende de nosotros, sino de la Comunidad de Madrid y de las plazas disponibles en cada centro.

—La burocracia no debería estar por encima de los derechos básicos de las personas. —Sonrío como supongo que sonreía la bruja de *Hansel y Gretel* mientras atizaba el horno—. Vale, me dice que no depende de usted y le creo. ¿Con quién tengo que hablar?

—Con Mayte, la persona que lleva aquí el tema de asuntos sociales, y que ella hable con el encargado de asuntos sociales del hospital, y entonces los dos...

—Ya —le corto—, que vamos a entrar en un laberinto sin salida y que me despacharán con una carta oficial en la que me dirán que no es posible y, de paso, les destrozan los últimos años de vida a una pareja de ancianos que lo único que piden es estar juntos.

Otra vez se encoge de hombros.

—La cosa no está fácil, te lo digo —quiero que me caiga mal este hombre, pero no puedo, es amable y sincero—, pero voy a hablar con Mayte, que libra por las tardes.

—Se lo agradezco, porque están demorando el alta de Antón todo lo que pueden para ver si hay solución antes de mandarle a otra residencia.

Mentira, claro, pero si el que roba a un ladrón tiene cien años de perdón, el que miente por un objetivo noble y altruista, ni te cuento.

—Lo entiendo.

—Bueno, le dejo mi número para que me tenga informada. —Estrategia para que le quede claro que voy a estar encima y que sepa que no se va a librar de mí—. Ya me dice algo entonces mañana. Dígale a Mayte que Paloma es la encargada de asuntos sociales en el hospital, la que lleva el tema de Antón, es que hay varias compañeras, pero ella que pregunte por Paloma. Por cierto, ¿puedo visitar a Julia?

—Claro que sí, ven.

Salgo con él del despachito y le dice algo a la chica de recepción. Me deja con ella y me asegura que mañana me llama. A ver si es verdad.

Mariluz se me acerca y las dos subimos en el ascensor con una enfermera que me conducirá hasta Julia. Cuesta seguir el ritmo lento del tacataca de Mariluz con el acelere interno que tengo.

Julia está sentada en un sofá, sola. Es una mujer mayor con mucha clase. Muy delgadita, con el pelo blanco en media melenita perfectamente lisa, una diadema dorada, pantalón marrón de pinzas que le queda como un guante y un gesto tan triste en la cara que me mata. Me acerco.

—Julia, soy Rita. Hablé contigo por teléfono. Soy la voluntaria que visita a Antón.

Se pone nerviosa, empieza a llorar y se levanta. No, por favor. Si se monta el lío, la cago del todo y aquí no me dejan entrar más. Por suerte, Mariluz la lleva muy bien, la tranquiliza, consigue que se siente y yo me pongo en cuclillas.

—Julia, escúchame. Estoy aquí porque Antón está deseando verte, pero a veces los papeleos tardan un poco. Os voy a intentar ayudar, ¿vale?

—Ayyy..., pero que aquí estoy sola, que no puedo más. —Aprieta los puñitos y empieza a temblar—. Que venga, por favor, que estoy sola, sola, sola...

—No levantes la voz, por favor. Si me echan porque te estoy alterando, no voy a poder ayudaros. —Esto lo entiende a la primera. Le tiemblan los labios y mueve una pierna de manera compulsiva; me apoyo ahí para que no se le note—. Muy bien, escucha. Mañana voy a ver a Antón. Le voy a decir que he estado contigo y que estás guapísima. ¿Me dejas que te haga una foto tirándole un beso y se la enseño mañana?

Sonríe nerviosa. Se quita la diadema, se la vuelve a poner y se atusa el pelo, y en este gesto está comprendido todo el amor que puede existir en el mundo. Trago saliva, la apunto con mi iPhone y ella tira un besito frunciendo los labios y poniendo la mano debajo, creando así el pasillo perfecto para que el beso no se caiga al suelo, sino que llegue sano y salvo a mi carrete.

Me despido prometiéndole que seguiremos en contacto. Se queda llorando mientras una auxiliar se acerca y se sienta con ella. No sé si es porque estoy aquí, pero da la sensación de que tienen a los mayores cuidados. Se respira un ambiente triste pero sereno, de cariño. Ojalá sea así.

Me dirijo a la puerta acompañada de mi espía de la tercera edad, que no para de hablar. Me cuenta minuto a minuto el día de Julia, lo mal que está y lo poco que come.

—Mariluz, a mí me gustaría poder llevar a Julia de visita al hospital, pero el director me ha dicho que eso tendría que evaluarlo la junta de no sé qué, porque en su estado igual es contraproducente. —No sé yo qué puede ser más contraproducente que el sufrimiento y el estado de ansiedad que tiene esa mujer, pero me tuve que callar, claro—. Y que, por supuesto, si la autorizan yo no me la puedo llevar de aquí porque no soy pariente, a no ser que contara con la autorización firmada de un familiar.

Joder, qué difícil es todo. Ayudar tendría que ser fácil, no deberían ponerte trabas, sino puentes. Parece que te lo ponen difícil para que te rindas.

—A ver, ella tiene una sobrina, pero vive en Barcelona.

—Ya lo sé, ¿cómo podría localizarla? En el hospital no me van a dar su número, por lo de la privacidad de datos y todo eso.

Los ojos de Mariluz brillan mientras saca su teléfono.

—Apunta —me dice.

Me despido de mi octogenaria Mata Hari con la promesa mutua de estar en contacto en esta Misión Rescate Antón (acabo de bautizarla así).

Bueno, la cosa está complicada, pero me visualizo a mí, a Almudena y a Mariluz juntando los móviles y diciendo «Una para todas y todas para una», y me siento mejor. Me siento capaz y poderosa y con más ganas que nunca de ir mañana a la vidente.

Capítulo XVIII

Veo, veo

A ver, que a mí hay veces que la vida no me da. Estoy yendo a recoger a Berta y antes ya me he pasado por el Alcampo para comprarle unas mudas a Antón y he ido al hospital para dárselas a Almudena. También te digo que ole los *güevos* de su sobrina, que viene un día desde Barcelona, saluda, cumple y se va. Ni una llamada, ni unos míseros gayumbos, ni nada. Oiga usted, señora sobrina, qué menos que «Me paso por la casa de mis tíos y les traigo ropa», A LOS DOS. En fin, que hay personas, como esta señora, que han fracasado como especie, está claro.

No te creas que fue fácil lo de escoger camisetas y tallas, porque Antón tiene poco hombro y poca pierna, pero tiene tripilla, bueno, el cuerpo típico de un señor muy mayor. ¿S, M, L o XL? Pues nada, L y listo. Se las di a Almudena en mano, que igual él se sentiría mal si me ve a mí entrar con la bolsa de Alcampo. Es importante que los pacientes mayores conserven su dignidad, que no sientan que haces caridad con ellos, así que cuando le duchen y le pongan la ropa interior nueva, él pensará que es cosa del hospital y listo.

Aunque ya iba pillada de tiempo, entré para verlo un minuto y enseñarle la foto de su amada. Seguía en la misma postura: sentado en la silla y con la cabeza girada hacia la ventana. Me saludó con esos ojos azules caídos y tristones, y apenas se inmutó cuando le dije que había visto a Julia. Esto me asusta, es como si se estuviera apagando despacio. Entonces le enseñé la foto.

—Mira, te está tirando un beso.

Se puso las gafas y la acercó.

—Qué guapa, bueno, gracias.

Fue lo único que dijo. Me fui corriendo, no sin darle un beso y decirle:

—Voy a intentar solucionarlo.

Viendo que la cosa está difícil, no le voy a decir «No te preocupes, que se arregla», porque yo no soy un político como para hacer falsas promesas.

Pasé corriendo por la oficina de Atención al Paciente y avisé a Paloma de que le tenía que llamar una tal Mayte de Dulce Atardecer.

—Ya, ya —me dijo fingiendo enfado—. Ya me contó Almudena la que estás liando. Nena, que yo no quiero que luego te lleves un disgusto, que nos lanzan la pelota a nosotras, pero aquí pintamos menos que el que lleva los cafés.

—Bueno, tú presiona y di que Antón necesita verla y luego me llamas. Y chao, que me voy a una pitonisa. Estoy muy nerviosa.

Y más nerviosa me estoy poniendo esperando a que Berta salga de su portal. Me ha dicho que la vidente se llama Maricarmen. ¿Pero cómo una vidente se puede llamar Maricarmen, por favor? No me voy a creer nada de lo que me diga. Tendría que llamarse *Madame* Zoraida o Sherezade o algo así, pero... ¿Maricarmen? Vaya fraude. Espero que al menos viva en una barriada chunga de las afueras que dé miedo, porque si ya me dice que vive en la calle Núñez de Balboa 23, apaga y vámonos. Me dice Berta que vive en Carabanchel Alto; bueno, no es La Cañada Real ni El Pozo del tío Raimundo, pero vale.

Ay, estoy muy nerviosa. Maricarmen tiene todas las claves de mi vida, de mi pasado, presente y futuro, y aquí estoy yo, yendo hacia mi destino como si no pasara nada. En situaciones así, deberían acompañarte fuegos artificiales mágicos, confeti, serpentinas, fanfarrias y veintisiete caballos jerezanos.

Me muerdo el labio mientras llamamos a la puerta y Berta me coge de la mano. Abre una señora un poco mulata y con el pelo rubio de agua oxigenada frito totalmente y sujeto con una pinza del chino. Está gorda, no hay duda, con esa gordura caribeña de las que se plantan unos *leggings* que no entiendes cómo les han abarcado el culo sin romperse y unas tetas que no sabes dónde terminan y dónde empieza la tripa. Y bien ajustada, ¿eh? Pues eso, lo que yo llamo gordura caribeña. Los brazos se bambolean al aire según camina como desganada, como arrastrando los pies (por pereza, no por ancianidad, porque no es mayor).

—Vengan, mis niñas, vengan.
—¿Es la asistente? —pregunto bajito.
—No, tía, es Maricarmen, ssshhh.
—Y ¿por qué habla venezolano?
—Cubano, es cubana.
—Y si es cubana, ¿por qué se llama Maricarmen?

No le da tiempo a contestarme porque ya estamos en la cocina. Sí, es que Maricarmen no lee el tarot ni las líneas de la mano, ella lee los posos del café. Qué le vamos a hacer, yo siempre digo que, puestos a hacer el *show,* mejor el *show* completo, y no hay duda de que el tarot es la estrella en el mundo de los adivinos, pero, en fin, nos conformaremos con los posos.

Maricarmen coge una bandejita con tres tacitas pequeñas. Lástima que, aparte de los posos del café, no lea también las migas de los dónuts. Nos sentamos en el salón pequeñito y oscuro, con todas las persianas bajadas. Estamos alrededor de una mesa camilla pequeña con un hule horroroso. Huele un poco a cocido y a frituras, y esto no es lo que yo me imaginaba ni de lejos. Saco el billete de cincuenta euros que me dijo Berta y lo coloco en la bandejita. Siempre he creído que la gente trabaja con más alegría cuando ve el dinero. Simple estrategia motivadora. Yo voy a coger una taza y Maricarmen me agarra la mano con fuerza.

—¡No! Esa no.

Qué susto, joder.

—Ay, perdón. Es que estoy un poco nerviosa, como luego tengo que recoger al niño del cole, pues ya está una… ¡Ay!

Berta me da una patada por debajo del hule del horror. ¡Claro, joder! No puedo dar pistas de mi vida, que lo adivine Maricarmen, que para eso estamos aquí, pero ya la he visto sonreír disimuladamente. Mierda, sin darme cuenta ya le he contado que tengo un hijo. Bueno, aún tiene mucho que adivinar.

Me acerca una taza con un pequeño café negro y espeso que parece chocolate. Tomo un sorbito, menos mal que le ha puesto azúcar. Está dulce, pero es tan espeso que no puedo parar de pensar en que me va a dejar los dientes negros como la lengua después de las Juanolas.

Mientras me tomo el café, Berta se toma el suyo, que es un cortado de toda la vida. Le da palique para que yo no hable ni meta la pata, pero vamos, que este minicafé me lo termino en medio segundo. Mis ojos se empiezan a acostumbrar a la luz y, bien visto, el salón es aún más feo de lo que pensaba. Hay un sofá cubierto con una funda verde que si tiene más mierda camina sola, la pared tiene algún desconchón y, eso sí, hay una tele de pantalla plana de tres mil pulgadas al menos presidiendo este bonito conjunto Ikea. Si sobreviví a la cita con Toribio, sobreviviré a esto.

Me acabo el café y nuestra pitonisa cierra los ojos y vuelca la taza sobre el platito. Guardamos las tres un silencio respetuoso. Por un momento espero que la taza empiece a hablar sobre mi vida, o yo qué sé, a temblar o algo, pero no. Solo se oyen nuestras respiraciones. En un momento dado, mi tripa hace ruidos de hambre, y no miro a Berta porque sé que entonces vamos a empezar a descojonarnos y esto será peor que el día del pedo en clase de yoga.

Por fin Maricarmen despierta del hechizo de la taza bocabajo que la tenía en éxtasis con los ojos cerrados, suavemente la coge, la gira y comienza a mirar en su interior. Enciende una vela. Estira un poco el cuello y, efectivamente, hay varios regueros de posos que parecen formar figuras. El corazón empieza a latirme con fuerza porque por fin, ahora sí, sé que esta mujer es poseedora de un don, y está a punto de decirme muchas cosas, incluso algunas que no me gustará oír y otras que serán para mí grandes descubrimientos.

—Tú tienes un hijo. Un varoncito.

Asiento entusiasmada con la cabeza hasta que me doy cuenta de que eso se lo dije yo. Pues vaya, empezamos bien. No voy a decir ni mu a partir de ahora. Que hable ella, que se gane los cincuenta pavos.

—Este niño es el ceeentro de tu vida. —Cada vez se le nota más el acento cubano, igual la están poseyendo sus ancestros o vete tú a saber—. Ay, mi niña. Qué lastimica que estés sola a su cuidado, pero no te preocupes, lo estás haciendo muy bien. Tu niño no necesita más. —Esto lo dice muy rápido, poniendo énfasis en el «más»—. Él es el ceeentro de tu vida y tú eres el de la suya. —Joder, qué razón tiene, Bruno me adora. Estoy a punto de echarme a llorar. Maricarmen me mira de reojo—. A ver, a ver… Aquí tenemos el trabajo. No andas sobrada, pero mira que tampoco te falta —me advierte levantando el índice—. Te gustaría sentirte más valorada, claro. —Pues claro, cabrones, que no me valoráis lo suficiente—. Pero todo llegará. Persiste, porque ya se están empezando a dar cuenta y tu reconocimiento vendrá muy prontico, mi niña. Hay un hombre —entrecierra los ojos, mirando con atención los regueritos de posos—, un hombre que en el trabajo cree en ti. Te apoya sin condiciones. —Ya está, ahí salió Beltrán—. Tiene buena planta, va a pelear por todas tus cosas, pero ¡cuidado!, puede sentir por ti algo más que simple afecto.

Pues no es Beltrán, si me hubiese dicho «Bajito, con gafas, gordito...», pues sí, si me dice que tiene buena planta, pues no. Quizá ha visto una imagen superpuesta de Beltrán hablando con Chema y el rechazo de lo de mi directo, y la mujer los ha confundido. Claro, eso es. Y del que habla es de Beltrán, y lo de que siente algo por mí, también: para él no soy su representada, siempre me dice que soy como su hija. Ahí lo tienes.

—Este hombre velará por ti, mi niña, para siempre.

NOTA: Leer todo esto con acento cubano y voz susurrada, que no es lo mismo que leerlo como Mónica Carrillo dando las noticias.

—Problemas económicos no tienes: el dinero ni te sobra ni te falta. —Esto parece que lo ha dicho cantando mientras mira el billete de cincuenta pavos—. Nunca te verás en aprietos económicos, no te faltará, aunque preferirías tener más. —¡Exacto! Madre mía, me está clavando—. Veo un viaje —mierda, el balneario de Galicia, al final me van a hacer ir— y algún tema de papeles. —¡Sí!, tiene razón, la autorización de la sobrina de Antón para sacar a Julia de la residencia un ratito.

Empiezo a temblar, esta mujer realmente tiene poderes. Estoy ante una gurú del más allá. Seguro que, si se pone, también contacta con los muertos. Si ahora mismo dice mi nombre con la voz de Ernesto, te juro que cojo el bolso y me largo. Joder, que alguien suba un poco las persianas o algo, no sé por qué tenemos que estar aquí con una vela, en pleno siglo XXI. Si viene Edison, con el trabajo que le llevó al hombre iluminarnos, nos corre por el salón este cutre.

—Tienes salud, cariño, fuerte y sólida. Y tu niño también, tu varoncito. —Ay, qué bien. Qué alivio, esto es lo más importante, que haya salud—. Cuídate un poquito la garganta, mi niña, porque además veo que la voz es importante en tu trabajo. —Hombre, claro, imagínate presentar un programa muda—. Mmm..., y también la imagen. Estás un poquito obsesionada con tu imagen y eso te hace sufrir. —Ay, Maricarmen, si yo te contara el sufrimiento con los kilos de más, los dónuts y la dismorfia, pienso mientras asiento levemente—. Te veo en el trabajo, con mucha gente alrededor que te habla. Y focos, estás rodeada de focos. ¿Me confundo? —Vuelve a decirlo cantando, inclina la cabeza y me mira con una sonrisita condescendiente.

—No, la verdad es que es cierto. Trabajo tal y como usted ha dicho, sí.

Maricarmen sigue observando el interior del vaso, cada vez más satisfecha.

—Tienes que pensar un poco más en ti miiisma. Eres muy buena para los demás y muy mala contigo misma. —Toda la razón, Maricarmen—. Está bien que pienses en no dañar a la gente, pero luego la gente te daña a ti sin pudor. —Jaime, eres un cerdo. Y yo el único daño que te hice fue tirarte el bol de panchitos, que ni te dio y encima era de plástico—. A ver, vamos con el amor. Aquí hay varios hombres, eres amada y deseada, pero no por igual. Aquí veo a un hombre jovial, divertido… Te quiere y tú le quieres, pero ninguno de los dos estáis seguros lo suficiente como para *afiansar* la relación. —¡Ostras, Zósimo! Mi Chiqui. Esta mujer es una *crack*, empieza a darme miedo. Me mira de reojo—. Aquí hay otro que te quiere, quizá no lo ha sabido demostrar bien y tú no eres consciente, pero te quiere, aunque tú no lo tienes claro. —Hola, Toribio. ¿Este eres tú? ¿Me quieres? Pues yo no lo tenía claro, pero ahora ya sí. Deja de mandarme wasaps—. Y parece que ya no hay nada más.

Me mira de reojo. Me pongo nerviosa, ¿cómo que no? ¿Y Jaime? No puede haber desaparecido así de mi vida, estoy a punto de llorar o de suplicarle que busque bien dentro de la taza. Miro a Berta muy nerviosa y encojo los hombros como diciéndole «No entiendo nada». De repente, Maricarmen levanta la voz:

—¡Un momento! —Berta y yo damos un respingo; joder, qué susto—. ¡Ajajá! Aquí estabas tú, escondidiiito. —Más acento cubano—. Este hombre es tímido, no le gusta llamar la atención. —¡Jaime! Por fin—. Es muy seriecito. —Trabajando en la gestoría de los padres, qué quieres—. Mi *amol,* este es el hombre que te ama realmente. —Con una uña larga y roja da pequeños toques en la loza esmerilada de la tacita.

Casi no puedo contener la emoción. Bajo la mirada, pero no sé si puedo disimular el nudo de la garganta y, sobre todo, las lágrimas. Tengo que pedirle a Berta un clínex. Ella me lo da y me coge por los hombros.

—Y tú también le amas. —Sí, sí, sííí. Qué buena es esta tía, te lo juro—. Pero hay algo que impide vuestra unión total, vuestra felicidad. —Asiento compungida—. Estáis sufriendo los dos porque vuestro amor es totalmente correspondido, pero algo lo impide, algo se interpone.

Algo con un tulipán en el culo, joder. Es que parece que lo estoy viendo.

—¡Es una hija de puta! —exploto, y ya lloro sin contemplaciones.

Berta me abraza y Maricarmen apoya su mano en mi muslo.

—Tranquiiila, mi niña, que para todo hay *solusión.*

—¿De verdad? —le digo entre hipidos y mocos.

—Aquí veo a una mujer joven y malvada. Te ha quitado a tu hombre porque le hizo un amarre.

—¿Qué es eso?

—Brujería, tía —me dice Berta mientras Maricarmen asiente lentamente—. Esa tía ha utilizado magia negra.

Doy un respingo. Claro, por eso el pobre cayó en sus redes. Le embrujaron, ahora lo entiendo todo, porque Jaime es muy fiel, él no se iría con nadie, aunque no fuera más que por pereza. ¡Un amarre! Eso lo explica todo.

—Hemos de deshacer el amarre si quieres recuperar a tu hombre.

—Sí, sí, claro. ¿Qué hacemos?

—Necesito unas cosas de la carnicería, el resto ya lo tengo yo.

—Berta, ¿bajas tú, por favor? —le pido.

Yo estoy demasiado en *shock,* a ver si me da de sopetón la luz del día y me mata o me deja ciega o algo.

Maricarmen le apunta en una hoja de papel (bastante sucia, por cierto) lo que tiene que traer: entrañas de no sé qué, sesos de no sé cuánto y casquería variada.

Capítulo XIX

Como las maracas de Machín

Berta sale pitando, y yo entro con Maricarmen en un cuarto pequeñito, el suyo supongo. Con una cama aún sin hacer, y ya serán más de las doce, y un pequeño altar lleno de velas y figuras muy coloridas de pequeños demonios, criaturas marinas, hadas y un montón de personajes. Está todo muy oscuro, pero a la luz de las velitas que iluminan el altar veo también muñequitos vestidos con alegres trajes de tela y unos pequeños cuencos con lo que parecen semillas, hierbas o aceite.

Maricarmen me ha dejado sola y estoy tranquila porque me da la sensación de que todos esos seres de los cuadritos y los muñequitos vestidos están a mi favor. Les saludo inclinando la cabeza y sonriendo; igual pueden verme. De repente aparece Maricarmen con un enorme turbante en la cabeza, una túnica blanca hasta los pies (que le queda bastante mejor que los *leggings,* claro) y un puro en la boca. Suena el timbre, será Berta. Maricarmen va a abrir y cuando entran las dos juntas, mientras deshacen el paquetito de la carnicería, digo:

—Una cosa… Eeeh…, esto no será magia negra ni nada de eso, ¿verdad?

Joder, qué mierda.

—¡Qué dices, tía! —salta Berta.

—Nooo, mi niña, pura santería cubana.

Pues sí, y tan pura, porque tiene más acento que nunca mientras exhala el humo del puro.

Le pide educadamente a Berta que salga, porque esto que vamos a hacer es muy serio y se necesita intimidad. Nos damos un abrazo antes de despedirnos. Yo sigo delante del pequeño altar que está petado de cosas, aunque entre santo y deidad, veo que hay un espejo al fondo, lo que pasa es que está tan lleno de estampas coloridas que ni me había dado cuenta.

Bueno, pues aquí estamos. Espero que esto termine pronto, porque da un poco de miedo, y además hoy...

—¡ESCUCHA! —dice de repente—. Esa mala mujer no solo hizo el amarre con tu hombre. A ti te hizo un trabajito.

Mueve hacia mí con rapidez los dedos coronados por uñas rojas como la sangre. Aquí ya no parece la señora de pelo frito que abrió la puerta, aquí es una pedazo negra con los dientes blanquísimos, el blanco de los ojos blanquísimo y una pinta de hechicera que te cagas por las caliqueñas.

—¿A mí? ¿Me hizo un trabajito a mí? ¿De qué?, ¿de letras?, ¿de ciencias? ¿Me ha quitado la campaña de los cosméticos ecológicos? Es insaciable esta Vanessa.

—Sí, mi amol. Un trabajito, ya sabes, aquí lo llamáis mal de ojo.

Me entra un escalofrío por la espalda y noto cómo se me erizan los pelillos de la nuca. Trago saliva y empiezo a temblar. Qué hija de puta, qué mala es. Ahora entiendo por qué todo me sale mal últimamente, porque ya me dirás tú qué sentido tiene todo lo que me pasó con Toribio o que Zósimo haya dejado la mitad de los azulejos de la cocina sin blanquear con el Baldosinín, que me ha dejado la cocina que parece un ajedrez.

—Ay, un mal de ojo.

Me llevo las manos a la cara para que no vea que estoy a punto de llorar.

—Nooo, mi *sielo,* no te preocupes. Esto lo solucionamos aquí. Menos mal que viniste, porque si no, te quedas con el trabajito hecho toda tu vida y te digo que tú no levantas cabeza.

Cuánto le tengo que agradecer a Berta, me ha salvado la vida. Tan pronto cobre este mes, le regalo un bolso que no sea falso.

—Mira, yo ahora te voy a deshacer el trabajo que te hizo esa mala mujer y luego necesito dos fotos: una de ella y otra de tu hombre, para deshacer el amarre, ¿de acuerdo?

—Sí, sí, sí, sí…

Asiento tanto con la cabeza que pongo la palma de la mano hacia arriba por si se me cayera el coletero, como en la sacristía de don Anselmo cuando era cría.

Maricarmen coloca algo de la casquería que trajo Berta en el suelo de cada una de las cuatro esquinas de la habitación, mientras con el puro en la boca murmura una letanía que no entiendo. Para finalizar, me coloca un entrecot en la cabeza. Bueno, no es exactamente un entrecot. Tiene pinta de sesos o criadillas, joder, qué asco. Noto la masa sanguinolenta y blandurria en la cabeza y cierro los ojos, mientras mi santera me va soplando el humo del puro por todo el cuerpo y sigue rezando o hablando muy deprisa. Nombra varias veces y con devoción a un tal Obatalá. Toso un poco, *pa* dentro, no vaya a ser que por toser rompa la magia de este hechizo y no sirva para nada. Me pone unas hierbas en las manos, me pide que las frote y luego me las restriegue por los brazos, la cara y el corazón. Huelen a repollo cocido, pero yo lo hago todo tal y como me pide, mientras alguna de las vísceras que me puso en la cabeza empieza a resbalarme por la frente y casi me tapa un ojo. No importa, todo es poco para quitarme el mal fario de Vanessa, pero qué asco todo esto, también te digo.

Ahora ella ha cogido una especie de cilindro que suena como si fuera una maraca y lo agita delante de mí, a la vez que recita y fuma y me echa el humo, todo a la vez. ¿Durará mucho esto? Con el ojo que me queda libre me miro en el espejo: tengo la cabeza y la frente llenas de higadillos, los brazos y la camiseta manchados de hierbas diminutas, huelo que apesto y me envuelve el humo del puro. Por favor, qué imagen tan patética. A veces nos cuesta creer que las crisis saquen lo mejor de nosotros, pero luego ves cosas como esta, y seguimos sin creérnoslo, claro. Prefiero cerrar los ojos y pensar en cosas bonitas hasta que esta mujer acabe con la magia y los cánticos. Después, me retira delicadamente toda la casquería que llevo a modo de boina y me coloca unos collares largos que entrechocan entre sí. Apaga el puro, suspira y dice:

—Ya está, mi niña.

—¿Ya? ¿Ya no tengo mal de ojo? —Asiente—. ¡Bertaaa! Corre, entra, que ya estoy bien.

La pobre Berta entra con cara de susto. Me va a abrazar, pero se aparta de un salto cuando ve el menjunje de hierbas que llevo en el cuerpo y el pelo grasiento, que no es grasa, que es sangre de las criadillas, claro.

Uf, me siento renovada. No sé, como más alegre. Sí que noto diferencia, sí. Está claro que antes tenía algo que tiraba de mí hacia abajo porque esta sensación revitalizante es algo nuevo, solo comparable con el subidón de las rebajas de enero. ¡Ah! Le tengo que dar a Maricarmen las fotos de Jaime y Vanessa para lo del amarre, importantísimo. Es una suerte que vivamos en la era de la tecnología, primero porque es más fácil descubrir los cuernazos que te pone tu novio, y segundo porque si vas a una santera cubana, no tienes que llevarle fotos de nada, le pasas por WhatsApp las que necesite y listo. La de Vanessa reconozco que la eliminé mil veces, no quería verla cada vez que abriera el carrete de mi iPhone, pero luego necesitaba escrutarla para sacarle algún defecto o descubrir qué coño había visto Jaime en ella, así que le daba a «Recuperar». Y así, elimina, recupera, elimina, recupera; por suerte aquí la tengo. Se las envío a Maricarmen, que las mira con atención, y cuando ve a Vanessa desnuda con el tulipán en el culo, toca con su larga uña, tap, tap, la pantalla del móvil y dice:

—Es ella, mala mujer.

Qué lista es, una *crack,* lo mejor que he podido encontrar. Soy muy afortunada. Me dice que, en cuanto salgamos, se pone a deshacer el amarre, que me quede tranquila, que en dos horas tengo a mi hombre liberado de cualquier embrujo o hechizo de esa hijaputa (lo de «hijaputa» lo digo yo, no Maricarmen).

Supongo que por todo esto tendré que pagarle más. Claro, porque vaya trabajazo que ha hecho. Me ha salvado la vida, porque tú vas por ahí con un mal de ojo y a la mínima te pilla un coche y te mata, o vas mal conjuntado a un estreno y los del Viscerae te sacan en pantalla con un titular humillante y te hunden. Abro mi cartera y en el billetero tengo otro billete de 50 euros, uno de 20 y dos de 10. Maricarmen estira la cabeza y dice:

—Naaa... Tú dame eso y *na* más. Ya está. Yo esto lo hago *pol ayudal,* no *pol* dinero, mi niña.

Me emociona su generosidad. Le doy todo lo que tengo en la cartera. La abrazo feliz mientras ella me saca los collares del cuello y Berta hace lo propio. Ella y yo nos miramos cómplices y me dice muy bajito:

—¿Te lo dije o no?

Y yo asiento.

Estoy recordando todo lo vivido allí: cómo adivinó que tengo un hijo, lo del viaje, los asuntos de papeles, cómo ha descrito uno a uno los hombres de mi vida... Y alucino. Hay gente que tiene un don con el más allá, ahora estoy convencidísima. ¡Bueno! Y cuando dijo lo de que trabajo rodeada de focos... Vio mi trabajo en el programa. Increíble, es increíble, porque esto sí era difícil de adivinar. Justo cuando voy a salir, veo en una pequeña mesita una pila de revistas del año en que reinó Carolo. Están llenas de polvo, pero no hay duda de que la cara de esa portada es la mía. Me acerco y veo que es un *TP* de hace años. En la portada pone «*Sábado y confeti,* disfruta el sábado de la mejor diversión», y ahí, en primer plano, sonriente y feliz, estoy yo.

Levanto la vista y Maricarmen me está mirando de reojo mientras despide a Berta con dos besos.

En fin, ahora sí que he abierto los ojos. Ahora ya no tengo ninguna duda y si te digo la verdad, prefiero que sea así. Ahora ya estoy segura de que esta era la señal que necesitaba para saber definitivamente que en esta casa hay magia y que Maricarmen es la mejor médium, vidente y santera del mundo.

«Cuando eres buen observador, todo el mundo es tu maestro», pienso mientras junto las manos a la altura del pecho en el saludo de yoga, pero en vez de «Namasté», me sale decir «Obatalá». Yo qué sé. Es que siempre me he guiado por la intuición.

Qué bien me siento.

Jaime, mi amor, perdóname. En un rato te desbloqueo, te llamo y volvemos a estar juntos, *per saecula saeculorum,* amén. Namasté Obatalá. TRA-TRA.

Capítulo XX

Encaje de bolillos

A ver, tengo que organizarme. Afortunadamente, hoy es viernes y Sandro se lleva al niño con él. ¿Qué hora es? Que le tengo que recoger a la salida del cole. Saldrá como las cabras, como cada viernes. Y no olvidemos que hoy Zósimo, o sea, Chiqui, se va a su piso. Vamos, que se han conjugado los astros para que yo tenga el fin de semana para mí en exclusivo. «¡Ayayayayyyy…! Jalisco no te rajeees», canturreo. Llamaré a Jaime, bueno, primero le pondré un wasap para calentar el ambiente, y quedaremos para cenar en un sitio bonito y discreto. Le pediré perdón, él me lo pedirá a mí, nos abrazaremos llorando, recuperaremos el tiempo perdido y listo.

Jo, qué bien me siento desde que salí de la consulta de Maricarmen. Estoy eufórica, con la sensación de que todo encaja y nada puede salir mal. Tengo un subidón, pero subidón, subidón. ¡Bueno, no, espera! Mejor tengo un bajón, eso es, un bajón de azúcar, y hasta que Bruno salga del cole tengo tiempo para entrar en la pastelería, comprarme un par de dónuts de los grandes, llamar a la malvada sobrina de Julia y Antón y cerrar el capítulo de Toribio con un wasap muy claro, que él ya ha pasado a las llamadas (que, por supuesto, no cojo), pero tengo miedo de que, de tanto llamar, el móvil se caliente demasiado, me explote y me ampute un dedo.

Comido el primer dónut (me encantan estas esperas tranquilas en la puerta del cole), llamo a la sobrina bruja. Te juro que no entiendo cómo puede existir gente así. Hay que ser muy mala persona para tener a tus tíos a seiscientos kilómetros, mayores, enfermos y totalmente desatendidos. Esta mujer es un bicho, no hay otra. Tía, que solo te tienen a ti, espabila. Pues no, como si se pudren, ¿verdad? Ya te verás con su edad, sola y asqueada de la vida, bonita, que el karma existe, y a ti se te va a tirar al cuello. Menos mal que he aparecido yo. En fin, siempre ha habido mujeres con clase y clases de mujeres, y yo estoy marcando el número de una de estas. Soledad se llama. Así te vas a quedar, guapa. ¿Casualidad? No lo creo.

Soledad coge el teléfono al segundo timbrazo y en un pispás le explico la situación, quién soy y lo que necesito: una autorización firmada por ella, porque es el ÚNICO FAMILIAR que tienen, para que me dejen llevar una mañana a Julia a visitar a su marido. No puedo ser más seca y antipática, pero es como me sale tratar a los cretinos como esta. Soledad comienza a hablar.

—No sabes lo agradecida que te estoy. No me puedo mover de Barcelona porque tengo a mi madre muy enferma, encima me acabo de separar y, bueno, qué te voy a contar. —¿Me lo parece a mí o está a punto de llorar?—. Pude escaparme a Madrid un día, deprisa y corriendo, cuando ingresaron a mi tío, y me tuve que volver por la tarde a Barcelona, conduciendo y con el crío detrás llorando, no me lo recuerdes. Rita te llamas, ¿no? Rita, ¿sabes que mi tía Julia fue la primera mujer abogada en España? —Abogada, claro, ya te dije que a esa mujer la vi con clase—. Mi tío también fue abogado. Nunca pudieron tener hijos y no sabes lo que se han querido toda la vida. Siempre, siempre les recordaré ya tan ancianos, cogiditos de la mano en el sofá delante de la tele y dándose besitos. A mí me han hecho recuperar la fe en el ser humano, te lo juro. —Debe de estar llorando porque oigo cómo se suena los mocos—. No pueden separarlos, los matan. —Pues eso ya lo dije yo—. Voy a llamar ahora mismo a la residencia para que apuren la reunión esa de la junta de evaluación, les voy a insistir en que para la familia es importantísimo que se puedan ver, y vamos, si mi autorización no les vale por *e-mail,* te la mando por Seur firmada o me planto allí mismo. Gracias, Rita. No sabes las noches que llevo durmiendo fatal y la impotencia de estar tan lejos. Me quedo con tu número y te llamo, ¿vale?

Qué gran persona es Soledad. ¿Ves como no se debe juzgar a la gente?, porque luego metes la pata. Por eso yo nunca juzgo, porque gracias al budismo he aprendido a aceptar sin juzgar, porque todo es relativo, porque las apariencias engañan y porque hablar mal de alguien habla mal de ti, no de la otra persona. No juzgar es un signo de inteligencia, y *pa* lista yo. Soledad es una bellísima persona y me bato en duelo con quien diga lo contrario. Bueno, una cosa menos. Otro bocado de dónut y vamos a por Toribio.

A ver, tengo que dejarle un wasap claro y conciso, que no deje lugar a dudas de que lo nuestro ha terminado, pero sin hacerle daño. Mano de hierro en guante de seda. Sutil pero sincera, cariñosa pero firme, allá voy.

> Toribio, no vuelvas a escribirme ni llamarme en tu puta vida. Te quiero como amigo. Como amigo de otras personas a las que no conozca.
> Si vuelves a llamar, soy capaz de avisar a tus propios compañeros para que te detengan por pesado. Además, este fin de semana voy a echarme novio.
> ADIÓS
>
> P. D.: Si follas con guantes y mascarilla, también podrías ponerte calcetines y así ya tienes el pack completo

«Enviar». Listo. Miro a la puerta del cole, faltan cinco minutos todavía. Hala, a acabarme el dónut. Esto me recuerda a lo del coronavirus. Joder, qué mal rollo. Yo no contaba las prórrogas del estado de alarma por días, sino por kilos. Han prorrogado el confinamiento, cuatro kilos más, vaya por Dios. Para anticuerpo, el que se me puso. Yo siempre decía que, en cuanto tuviera tiempo, lo iba a dedicar a aprender un idioma. Y ahí me tenías, haciendo pan. En fin.

Ahí viene mi niño. Uy, viene con Silvia, su tutora. Salgo del coche y ella me pregunta si puede hablar conmigo a solas. Sí, claro. Miro a Bruno. Me asegura que él no ha hecho nada malo y se queda en el patio metiendo canastas mientras yo hablo con la profe. A ver qué me cuenta.

Pues muy bien, resulta que Bruno es superdotado, por lo visto. Vamos, nada nuevo, mi madre, tía Conchi y yo siempre supimos que era muy listo. Claro, por eso utiliza a veces ese lenguaje tan exacto y esas conversaciones tan bien hiladas de adulto con título universitario. Por eso es él quien se da cuenta cuando me devuelven mal la vuelta en la compra. Por eso fue capaz de conducir el coche y llevarme al hospital el día que me dio el cólico nefrítico.

Por lo visto, en clase le veían despistado, como pasando de todo, y una de dos: o era un jeta o cuando todos iban, él ya estaba de vuelta, que era lo que sospechaban. Así que la profe de mates hizo una prueba: puso en la pizarra un problema que estaban dando en una clase de dos cursos por encima del de Bruno. Todos los alumnos se quedaron quietecitos y Bruno dejó en el pupitre el miniyoda con el que estaba jugando, se levantó, lo resolvió sin dudar, y con las mismas volvió a su silla y siguió con el muñequito tan tranquilo.

Se ha reunido la junta de profesores y creen que lo mejor es que lo lleve a hacerle un test a un gabinete especializado, en el que me dirán su coeficiente intelectual y me orientarán sobre el centro educativo al que debería llevarlo. Vamos, que en su colegio estamos desaprovechando sus capacidades, porque Bruno podría ser el próximo científico que concluya la teoría de los agujeros negros de Stephen Hawking o el médico que descubra la cura del cáncer o la alopecia. Joder, qué fuerte. Tengo un genio en casa.

En el coche no le digo nada, pero en cuanto llegamos a casa se lo suelto.

—Bruno, a ver, cariño, que eres muy listo ya lo sabíamos, pero es que Silvia opina que…

—Ya, Silvia opina que soy un niño con altas capacidades, es decir, que debido a mi percentil, tengo un cociente intelectual bastante elevado por encima de la media, y como el cociente o coeficiente intelectual es un estimador de la inteligencia general, quieren que me lleves a un centro para que me hagan alguno de los test estandarizados diseñados para ese fin, para así llevarme a una escuela de superdotados y sacar mi máximo rendimiento académico. Y te habrá puesto como excusa que en clase me aburro, ¿verdad? —Pues sí que es listo, sí—. Mamá, no me hagas eso, por favor. Me meterán interno en un centro para estudiantes de alto rendimiento, no podré casi verte, ni estar en casa, ni jugar a la Play con Carlos, ni cuidarte. Prometo hacerme el tonto en clase, te lo juro, como hace Beltrán contigo cuando estás enfadada, pero déjame seguir con mi vida, con mis amigos, con mi casa, contigo. A lo mejor, cuando cumpla doce o catorce y me entre la edad del pavo, yo mismo estaré deseando irme porque pasaré de quererte a quererte ver lejos, pero ahora no, por favor. —Tiene los ojos inundados de lágrimas y los dedos de las manos entrelazados como si estuviera rezando—. Los hijos de madre soltera tendemos a desarrollar un complejo de Edipo bastante llamativo, y si cortas el vínculo de forma repentina, podría traducirse en un *shock* postraumático que me dejará graves secuelas. Hasta mudo podría quedarme. Y mudo, ya no sirvo como científico. Mamá, déjame seguir en mi cole, en mi casa. Mamá, nunca te lo he dicho, pero te amo. Sin peros, sin condiciones: te amo.

Y se me abraza llorando. Pues le van a dar por culo a los coeficientes, porque yo no quiero un genio, yo quiero un hijo feliz. Y este niño no se separa de mí hasta que él quiera irse por sus cojones morenos y yo no se lo pueda impedir. Y punto. Se lo digo, se lo prometo, se lo juro. Me hace enseñarle las manos para ver que no estoy cruzando los dedos ni nada que indique que estoy mintiendo, y logro tranquilizarlo.

Todo esto después de la conversación con Paloma en el hospital, la vidente, la llamada a Soledad y el wasap a Toribio, que por cierto no ha vuelto a escribirme. Parece que el finde se presenta movidito, ¿eh? Y tanto, porque Zósimo está entrando en este momento por la puerta. Tiene que irse a su casa YA, que necesito mi piso libre para Jaime y para mí.

—Bueno, Zósimo, ya habíamos quedado en que hoy te ibas. Hala, recoge tus cosas que te llevo.

—¿Ya? Pero...

—Ni pero ni pera. Bruno se va con su padre a las ocho, así que es una oportunidad genial para que nos acompañe y vea ese pisazo tuyo en el que tantas tardes pasará. Hala, nos ponemos en marcha.

Bruno aplaude, está tan contento desde que sabe que es un superdotado camuflado que todo le parece genial, y Chiqui también está feliz porque le he dejado caer que el niño pasará muchas tardes con él, con lo cual nuestro vínculo sigue vivo, y se pone a recoger sus cosas silbando mientras las mete en maletas y yo le ayudo.

Madre mía, el pisazo de Puerta de Hierro. Es un ático con una terraza en la que podrías patinar; el problema luego sería volver sin perderte por el camino. Desde ahí arriba se ven las zonas ajardinadas selváticas, las pistas de pádel y la piscina. Por si fuera poco, su madre se lo ha dejado perfectamente amueblado y hasta la nevera llena. Joooder. Saloncito precioso con una tele que parece una pantalla de cine y sofá enorme haciendo esquina y terminado en *chaise longue,* cocina último modelo que más que una cocina parece el centro de control de la NASA, y un dormitorio minimalista precioso que tiene hasta un vestidor y baño con *jacuzzi.* Podría acostumbrarme a esto. No, no, no. Rita, piensa en Jaime. Tu Jaime, el amarre que le hicieron y todo lo que tienes que hablar, tocar y succionar con él este fin de semana. Echamos una mano a Zósimo guardando ropa, libros y demás y nos vamos, que Sandro estará a punto de llegar a casa.

Nos abrazamos los tres, los tres nos emocionamos y nos prometemos vernos ya sin falta la semana que viene. De repente, soy consciente de que ese ser magnífico con moño que saludé un día en el ascensor se ha convertido en parte de mi vida y de la de mi hijo. Me doy cuenta de que no tengo nada que reprocharle porque no ha hecho nada mal, ni siquiera nada que pudiera estar fuera de lugar. En este mundo en el que todos hacemos daño incluso sin darnos cuenta, él solo ha hecho cosas buenas en el tiempo que ha pasado en mi casa. En ese momento soy consciente de que Zósimo es un regalo que me hizo la vida, ella sabrá por qué, y que es un *rara avis* que pulula por el mismo mundo en el que los demás seres somos tan imperfectos. Se queda en el portal mientras entramos en el coche. Está triste, como si quisiera grabar en su mente a fuego este último momento en el que nos ve. Este chico nos quiere. Nos quiere de verdad. Y yo a él. Me acerco, le vuelvo a abrazar y le digo al oído:

—Gracias por formar parte de mi vida.

—Gracias a ti por quedarte conmigo. Sabía que merecería la pena.

Capítulo XXI

Conmigo, quien quiera.
Contra Maricarmen, quien pueda

En cuanto Bruno sale por la puerta con su padre, empiezo a darle vueltas a cómo hablar con Jaime. ¿Le llamo? No, que es demasiado agresivo, te lo dije: hoy día ya nadie llama. Hemos desarrollado un gran respeto por no molestar al prójimo, que al fin y al cabo es un modo muy fino de decir que nos hemos vuelto más vagos y cobardes gracias al WhatsApp. Además, ¿y si le llamo y está con Vanessa, la bruja de la magia negra? ¿Y si le mando un wasap y aún no lo ha configurado como yo le dije y Vanessa, la bruja de la magia negra, lo lee? Joder, tantas ganas de que llegara este momento y ahora, heme aquí, paralizada teléfono en mano.

Me tumbo en la cama, cierro los ojos y respiro. No sé qué hacer. Ah, sí, lo primero desbloquearle, claro. Me tiembla la mano, ¿y si ha puesto una foto de los dos? Me muero. Me muero, los mato y me vuelvo a morir. Calma, Rita. Paso a paso. Le desbloqueo y me sale una foto de su perro, Firulais. Bien, esto es una señal de que debo continuar. Casi sin pensar escribo:

> Hola, ¿qué tal estás?

Esto puede significar mucho o nada. Vamos a jugar al despiste hasta que sepamos por dónde van los tiros. ¡YA ESTÁ ESCRIBIENDO…!

> **Jaime**
> No muy bien. Qué alegría saber de ti. ¿Cómo estás tú?

Claro, cómo vas a estar bien con una tía que se dedica a la magia negra. Yo creo que me está dando pie a algo más, así que en vez de decirle cómo estoy, mejor se lo mando en foto.

Me quito la ropa y me dispongo a hacerme un selfi levantando un poco el culo para que se me vea tumbada en la cama y que un trocito de nalga salga por detrás de mi cara. Solo un trocito, el kilómetro exacto no sé cuál es, pero vamos, un poquito de la nalga derecha. Apoyo la barbilla en la mano, me revuelvo un poco el pelo, levanto el culo, joder, qué difícil es esto. Después de cinco intentos por fin consigo la foto sin que por el gesto de mi cara parezca que estoy estreñida, pero ya te digo que no es fácil mantener postura sexi, relajada, enseñar culo y disparar al mismo tiempo. Jaime sigue en línea. ¡Enviar! Toma foto. Ya no hay marcha atrás, aunque quisiera darle a «Eliminar», porque él está en línea. Lo que recibo de él inmediatamente es un escueto

> **Jaime**
> ¿Voy?

Yo no escribo nada, porque, hijo, si ves la foto, no tengo yo por qué darte más señales de lo que tienes que hacer. Insiste:

> **Jaime**
> ¿¿VOY??

Silencio.

Y le mando un corazón.

Parece que se ha teletransportado. En unos pocos minutos está llamando al telefonillo. Las llaves no me las devolvió, pero sería mucha cara dura abrir directamente. Él sabe que yo no soy de lencería fina ni batas de seda, así que salgo a recibirlo con unos shorts y una camiseta. De todos modos, te voy a dar un consejo: si un día quieres vestirte de puta, nada mejor que copiar a Catherine Deneuve en *Belle de jour*.

Jaime sale del ascensor… ¡Ay, cómo sale Jaime del ascensor! Lleva el pelo totalmente sudado y pegado, unos pantalones cortos de hacer deporte y una camiseta de tirantes de hacer ídem. ¡Pero si este no ha ido a un gimnasio en su vida! Se acerca a mi puerta agotado, aún chorrea sudor y huele a cebolla del Cantábrico, para qué lo vamos a negar. Este no es el encuentro romántico que esperaba.

—Ho…, hola. —Está fatigado el hombre—. Es que es… estaba haciendo… *spinning*. —Se apoya en el marco—. ¿Puedo dar…, darme una… una ducha, por favor?

—Claro, pasa. Ya sabes dónde están las toallas.

Oigo el agua y los golpecitos de coger y dejar los botes de champú y gel. Me meto en la cama en bragas, como diciendo «Aquí me las den todas». Cuando sale de la ducha con una toalla a la cintura y otra sobre los hombros para tapar lo que él sabe que es una barriguita que no hay modo de quitar, se queda ahí mirándome como si fuera una aparición mariana. Nunca fue muy lanzado este hombre, así que aparto la sábana invitándole a entrar. Se mete conmigo en la cama y cuando empieza a hablar, le hago como en las películas: le pongo el dedo índice en los labios y digo «Sshhh». Hala, ya sabe lo que tiene que hacer. Y como lo sabe, nos ponemos a ello. No llevamos ni cinco minutos cuando pega un salto, sale de la cama y comienza a dar saltitos como un tarado a la pata coja.

—Ay, ay. ¡Ayayaaay! Tía, qué dolor, joder. Que estaba en mitad de la clase de *spinning* cuando me llegó tu foto, y claro, vine corriendo, sin estirar ni nada, y ahora tengo un tirón y se me ha montado el gemelo. ¡Joder, cómo duele esto!

Pongo los ojos en blanco, mientras él sigue bailando por la habitación. Su móvil no para de iluminarse. Está recibiendo wasaps desde que llegó, uno tras otro. Mientras sigue con el baile de San Vito, le pregunto:

—Jaime, ¿tú me quieres?

—Muchísimo. Todo. Te lo juro, tía, que llevo estos meses fatal. Horrible. Claro que te quiero, pero conmigo y para siempre.

—¿Sigues saliendo con Vanessa?

—No, esto también te lo juro. No estuve con ella ni un mes. Cada vez que la veía recordaba que por su culpa me habías mandado a tomar por culo y tuve que dejarla.

—Ajá. La que no para de escribirte, ¿es ella?

—Supongo que sí. —Baja la cabeza.

Vaya, parece que le duele menos la pierna.

—Bien, pon el móvil bocabajo, anda. Voy a hacer algo de cena, luego vamos a echar un polvo como Dios manda y a continuación trazaremos un plan.

Y como ya he dicho que esto no son las *Cincuenta sombras de Grey,* no voy a dar más detalles, pero estuvo muy bien, tanto que ni siquiera parecía el soso de Jaime. Y ahí lo dejo.

***

El sábado por la mañana me despierto pronto mientras él sigue durmiendo porque tengo que escribir un *e-mail* a la residencia de Julia. Como era de esperar, el director no me ha llamado, ni la trabajadora social, ni nadie. Paloma me dijo que le comunicaron que habían decidido no sacar a Julia de la residencia, pero que para ello no hubo ni reunión de la junta ni hostias, que habla el director con la jefa de planta, se lo dicen a la trabajadora social cuando se la encuentran por los pasillos y listo. Así de mierderas son las cosas. Bien, pues voy a ponerles en un aprieto. Cojo la tarjeta que me dio el director y le mando un *e-mail*.

Estimado José Antonio:
Según conversación mantenida con usted el pasado martes, quedo a la espera de recibir los documentos correspondientes a la reunión de la junta que ya habrán celebrado a raíz de los problemas derivados de la interna Julia Martín y su deterioro mental, consecuencia de la imposibilidad de visitar en el hospital a su esposo recientemente operado. Le comunico, así mismo, que estoy en contacto con los familiares de la finada (mierda, la finada no, que significa muerta) *de la mencionada, los cuales están de acuerdo en lo aquí expuesto.*
Ruego me haga llegar cuanto antes los documentos y conclusiones finales para proceder a presentar los mismos en la Comunidad de Madrid con el objeto de presentar la reclamación correspondiente.
Atentamente,
Rita Montes

Perfecto, pero como quiero acuse de recibo porque es el único modo de ponerlos entre la espada y la pared, voy a enviar también un burofax. Hoy por la mañana Correos abre y hay uno en el Carrefour. Aunque me pille un poco lejos merece la pena, así de paso hago compra de guarrerías varias para ver pelis con Jaime tirados en el sofá. Le despierto y al Carrefour que nos vamos. Me espera en el coche mientras yo envío el burofax, guardo el justificante como si fuera una piedra preciosa y entro al Carrefour.

No es lo mío hacer la compra, también te digo. Siempre recuerdo la canción esa de «Terror en el hipermercado, horror en el ultramarinos». El caso es que me disperso mirando, por ejemplo, los libros y los cojines de colores, y cuando me doy cuenta llevo quince minutos haciendo el gilipollas y el carro sigue vacío. Tengo que dejar el Carrefour, sacarlo de mi vida y buscar un súper que sea solo súper de comida, productos de limpieza y ya.

Madre mía, paso por la sección de congelados para coger las *pizzas* y los pezones se me ponen como timbres de castillo. Encima a veces, cuando me da la bocanada esa de frío polar ártico, me entran unas ganas terribles de hacer caca, así que hoy cierro escotillas mientras cojo la *pizza* y los helados, porque ya me dirás tú qué plan, estar de reencuentro romántico y andar cagándote por las esquinas. Qué horror, quiero salir pronto de aquí, unas cocacolas, unas Lay's y unos panchitos por si se los tengo que tirar a Jaime en el cuenco de plástico, y listo. Bueno, y algo de chocolate, que después de lo salado, el dulce entra genial.

La cola de la compra es otro suplicio cuando tienes prisa, y yo la tengo porque mi novio me espera fuera. Mi NO-VIO. Empiezo a fijarme en los carros de la gente, por pasar un poco el tiempo. Qué horror, delante de mí va un señor gordito con el carro lleno de cervezas (a este lo mando yo a seguir los Doce Pasos de Alcohólicos Anónimos la reflexión del día pero ya), *pizzas*, dónuts, mayonesa, platos preparados con muchas salsas y doce rollos de papel higiénico. No me extraña, lo que entra tiene que salir. Lo que lleva este hombre es un festival de colesterol capaz de taponar las arterias a cualquiera y matarlo de un trombo.

A continuación va una señora con el carro lleno de pasta integral, leche desnatada sin lactosa, huevos de gallinas criadas en el suelo, galletitas integrales, brócoli, coliflor, manzanas, ciruelas y ambientadores, lo cual tiene mucho sentido si tienes en cuenta lo que va a cocer en su casa. Mira el carro del señor gordito moviendo la cabeza con desaprobación mientras pasa a la cinta correspondiente. Yo quiero ser amiga de esa señora tan sana, así que la miro sonriendo y encojo los hombros como diciendo «con esta gente no se puede». Me devuelve el gesto cómplice hasta que se fija en el contenido de mi carrito. Horror. No me acordaba de que el mío va también lleno de putasmierdas varias. Vuelve a devolverme la mirada como decepcionada y mientras empujo el carrito hacia la caja que me corresponde, le digo:

—Tengo hijos, muchos hijos en edad de crecer y hacer deporte. Necesitan carbohidratos como *pa* una boda, así que no me mire usted con esa cara de asco y guárdesela para cuando su cuerpo digiera y expulse los cinco kilos de ciruelas que lleva.

Cuando ya he terminado de pagar, todavía está el señor gordito sudando y guardando las cervezas. «Si ves a un alcohólico que necesita tu ayuda, ofrécesela, o no te extrañes luego si tú pierdes el don de la sobriedad. Ese don es un regalo, compártelo». En fin, no queda otra. Me acerco al señor gordito y sudoroso, le ayudo a guardar todo y, antes de irme, cojo una lata de cerveza en la mano y le digo:

—«Una es demasiado y mil no son suficientes». Reflexione. Tiene tres posibles destinos: el cementerio, la cárcel o el psiquiátrico. Si quiere cambiar su destino, ya sabe que tiene un centro de reunión de Alcohólicos Anónimos cerca de su domicilio. Le esperamos, compañero.

Y me voy sintiendo que ya he cumplido, que soy buena persona y que hay que solucionar lo de Vanessa para que deje de aparecer por nuestras vidas pero ya.

Lo cierto es que hemos trazado un plan, aunque Jaime no quería, pero yo le dije que era eso o ya se podía ir por donde había venido. Lo cierto, también, es que la chica esta del tulipán en el culo no para de llamarle y escribirle desde que la dejó, y como Jaime es un poco blandurrio para estas cosas, he tenido yo que coger las riendas, como hice con Toribio. Son muy *cagaos* los tíos a la hora de romper, nosotras somos más valientes. Hablando de *cagaos,* me están dando unos retortijones en la tripa que… Ay…, la mierda del pasillo de los congelados. El caso es que Jaime la ha citado en el 100 Montaditos de Bilbao donde solían quedar, pero cuando ella llegue, con quien se va a encontrar es conmigo. Y ahí ya, que salga el sol por Antequera.

Metemos las bolsas en el maletero y nos vamos fingiendo una normalidad que no existe, porque él está nervioso y yo, pues también. Aquí la única que está contenta es Vanessa, pero ya verás qué pronto se le pasa.

En el coche hablo poco, porque el retortijón de tripas empieza a ser tremendo y noto que me caen gotitas de sudor. Me apoyo en el cristal. ¿Ves? Por culpa del frío en la sección de congelados. Si es que siempre me pasa, no aprendo. No hablo, porque si hablo, me cago. Si toso, ni te cuento la que se puede liar. Y respiro flojito por si acaso. No puedo, no puedo más, tengo que bajarme, necesito un baño. No es posible que en esta calle no haya un puto bar. Me pongo entre dos coches, me da igual. Estamos por unas calles por detrás de la Castellana. Jaime también acompaña mi silencio reverencial, se debe de pensar que es un silencio como de respeto ante el plan que tenemos o algo así. De repente no puedo más.

—¡PARA EL COCHE!

—¿Qué?

—¡¡¡PARA YA!!! ME TENGO QUE BAJAR. ¡¡¡QUE PARES, HOSTIAS, QUE NECESITO UN BAÑO!!!

El hombre frena en seco, asustadísimo. Yo casi me tiro en marcha y me dirijo caminando muy rápido, cual Rajoy haciendo deporte en pleno confinamiento, a una puerta que pone Flamingo's Night Club. Es un puticlub. Genial, está abierto, aquí la gente trabaja mucho, así que ya suponía que estaba abierto. En la barra están todas las chicas, que me miran sorprendidas mientras paso caminando hacia el fondo, porque los baños siempre están al fondo, y digo:

—Perdón, perdón. Es una emergencia. Necesito un baño porque creo que voy a morirme.

Una rubia muy mona me señala la puerta. Casi no me da tiempo a bajarme los pantalones. Vivan las tracas y Valencia, viva la mascletá. Casi lloro de alivio. Claro, que ahora viene el paso dos: salir de aquí y encontrarme con las chicas del Flamingo's, que estarán flipando. Ánimo, Rita, si te has enfrentado a la señora del brócoli y a Juan Luis Guerra pidiendo más anuncios, puedes con esto.

Salgo y ni siquiera tengo que decir nada porque una chica mulatita muy mona con unos aros enormes en las orejas me dice:

—Chica, sí que estabas mal. Traías la cara descompuesta, ahora pareces otra.

Todas le dan la razón. Una me acerca un vaso de agua. Jo, qué majas.

—Es que no sabéis lo mal que lo he pasado. Me ha entrado de repente diarrea y era ahora o nunca.

—Uy, que se lo pregunten a Bárbara —dice la rubia bajita—. Anda todo el día con laxantes para bajar barriga, y siempre igual, cada vez que le da el apretón salimos todas corriendo.

Y nos reímos. Mira tú por dónde que me reconocen enseguida. Ellas eran fans de *Sábado y confeti* y una muy alta y delgada con una coleta muy tirante me dice:

—Aunque donde de verdad te saliste fue en el programa de Nochevieja. «El pendiente, que se me ha caído». —Y se pone a imitarme en cuclillas.

Ahora el descojono ya es total.

—Una cosa que siempre me ha intrigado es cuánto se cobra cuando eres puta. ¿Cuánto os dan?

—Cincuenta y cincuenta —contesta Bárbara—. El cincuenta para ti y el cincuenta para la casa.

—Pues perdona, pero me parece una barbaridad. A mí mi repre me lleva el diez o como mucho el quince, depende.

—Ya, pero esto es así desde que el mundo es mundo, ¿a que sí, Eloísa?

Aparece Eloísa, que es una señora entrada en años, más pintada que una puerta y con unas pestañas postizas que parecen espumillón navideño. Eloísa es la *madame,* está claro.

—Sí, hija, sí, el cincuenta siempre. Fíjate, que yo empecé trabajando aquí como ellas, la de años que han pasado, y ya era así, siempre cincuenta-cincuenta.

—¿Y aquí vienen sobre todo casados?

—Uy, casados, solteros y tíos con ganas de echar un polvo sin tener que perder el tiempo en seducir a una chica, que luego, a ver cómo se la quita de encima. Y empresarios, nena. Aquí se han cerrado acuerdos importantísimos, de empresa y de política también, que los pactos que no hacen en el congreso a veces los cierran aquí. Si esos sofás hablaran…

Y nos descojonamos todas. Me pita el móvil. Ay, Jaime, que lo tengo fuera. Se me fue el santo al cielo. Antes de irme, las chicas me piden una foto juntas. Nos hacemos unas cuantas y Eloísa me pide permiso para colgarla donde las botellas, bien a la vista.

—Claro que sí, mujer. Donde quieras.

—Escucha, guárdate esto. —Me da su tarjeta—. Nunca se sabe, si algún día necesitas algo…, aquí estamos.

Le doy las gracias, dos besos y salgo pitando.

* * *

Llegamos al 100 Montaditos unos minutos antes de la hora, como estaba previsto. Jaime y yo queremos charlar, aunque no sea más que para disimular los nervios. Cada vez que se abre la puerta, miramos. No es muy puntual la señorita, que digamos. Vamos, que no le falta detalle. Por fin aparece por la puerta. Jaime me avisa pero no es necesario, reconocería ese pelo rubio teñido y esa expresión de pánfila entre mil después de mirar su foto tantas veces. Nos mira y se queda de piedra. Bueno, ojalá, es un decir. Nos mira a uno y a otro y me doy cuenta de que, si pudiera, fulminaría a Jaime con un rayo láser y lo convertiría en cenizas. Me levanto fingiendo una tranquilidad que no tengo.

—Hola, Vanessa. Soy Rita.

—Hola. Sí, ya sé quién eres.

—Ven, vamos a hablar.

Nos acercamos a la puerta. Cambio mi expresión amable por la expresión «mala puta Cruella de Vil» que tantas veces he ensayado en el espejo y se lo suelto todo.

—Escúchame bien porque no te voy a repetir las cosas. Sé lo que has hecho. Sé lo del amarre y la magia negra, y tengo que decirte que eres una de las peores personas que he conocido. —Me mira ojiplática. ¡AJÁ! Esto no se lo esperaba—. ¿Qué pasa, Vanessa? No pensabas que te fuera a descubrir, ¿verdad? Pues para que te enteres, yo también tengo mis contactos dentro del mundo del vudú. Todo gracias a Maricarmen, mi santera particular, que me ha quitado todo tu mal fario gracias a las invocaciones, el puro y las criadillas. —Pongo sonrisa condescendiente de medio lado—. Esto no te lo esperabas, ¿verdad? Es un problema creerse la mejor, la más lista, e infravalorar al enemigo. Ay, querida... Fue un fallo permitir que tus emociones dominaran tu inteligencia, esa poca que posees, porque ya te digo que tienes menos luces que una palangana. No vuelvas a llamar a Jaime, no le busques, no le escribas, y que no se te ocurra acercarte a él, porque de lo contrario nos obligarás a Maricarmen y a mí a usar la misma magia negra que tú has tenido la cara dura de utilizar contra mí. Maricarmen tiene línea directa con Obatalá y podemos hacer que te pille un coche, cojas el sarampión o te quedes calva de repente, y veo que tienes la cabeza bastante grande, no te será fácil encontrar peluca. —Ahora ya la tengo fuera de juego. Abre y cierra la boca como un pez, pero de su boca no sale ni una palabra—. ¡Ah! Y cuidadito con hacer otro amarre o echarme otro mal de ojo, porque te advierto que Maricarmen está al quite: todos los días pasa por una foto mía la maraca con forma de cilindro y si en algún momento la foto se oscurece y mi cara se pone del color de los médicos chinos que se despertaron negros después de estar en coma por el coronavirus, entonces atacaremos con nuestras armas. La magia negra se volverá contra ti, tu familia y, en caso de que tengas mascota, contra ella también. —Ya la he dejado KO totalmente. Ahora entrecierro los ojos y le digo en un susurro—: No va a ser rápido. No te va a gustar. No soy tu reina. —Esto no es mío, es de *300,* pero me encantó y aquí pegaba mucho—. Si pensabas que por ser joven, que ahora vista de cerca no lo eres tanto, tenías la partida ganada, te digo que más sabe el diablo por viej…, quiero decir, por experimentado que por diablo. Esta partida la he ganado yo, y para que te enteres, la tengo guardada. ¿Sabes que podemos cambiar nuestra biología con nuestros pensamientos? Pues empieza sacando a Jaime de los tuyos, y ya verás cómo se te mejoran hasta el cutis y el metabolismo, que perdona si me equivoco, pero creo que lo tienes un poquito lento. Y otra cosa, Vanessa, reza por que no me haga ni un esguince, encuentre siempre sitio para aparcar y me coja bien el tinte, porque, como se te ocurra hacerme algo de lo que sabes, iré a por ti con la inestimable ayuda de mi santera, que es mala como un misil. A Jaime no le he contado nada de esto porque es un espíritu puro, y descubrir que existe esta maldad en ti y cómo le has manipulado le haría mucho daño. —Y porque me da una vergüenza que te cagas, claro—. Pero tú y yo lo sabemos, y como me pase algo, te advierto que no va a haber flores en el Retiro suficientes para metértelas por el culo. Y ahora vete. —Le señalo la parada de taxis. Me he venido muy arriba con el triunfo total de mi exposición—. Olvida su nombre, su cara, su casa, la magia negra y pega la vuelta.

Obedientemente y un poco asustada, comienza a caminar hacia los taxis. No ha dicho NADA mientras yo hablaba. Normal. Se le notaba en *shock,* menuda pillada. Es lógico, no se lo esperaba. La veo tan hundida que siento un poco de pena. Se me viene a la cabeza Begoña, una psicóloga conductista que a mí particularmente me salvó la vida hace años con el TOC, el TAC, la agorafobia, la dismorfia y su puta madre, porque la verdad es que tengo de todo. Doy unos pasos hacia ella y Vanessa me mira fijamente mientras saco la tarjeta de Begoña de mi cartera.

—Toma —le digo mientras se la doy—. Si te ves muy mal, llama. A mí me ayudó muchísimo en un momento muy malo. Si llamas, dile que vas de parte mía. Es como mi hermana.

Vanessa coge la tarjeta, asiente y entra en un taxi.

Esto voy a rematarlo para que ya quede de diez, cinematográfico total. Cuando abre la puerta del taxi, la llamo.

—¡Eh, Vanessa!

Me mira asustada. Extiendo el brazo, la señalo con el dedo índice y le grito:

—¡¡¡Por Obatalá!!!

Entra corriendo en el coche, que se pierde entre más coches y semáforos.

Vuelvo a la mesa donde espera Jaime.

—¿Qué tal ha ido?

—Genial. Tú tranquilo que esta no vuelve a aparecer en la vida.

Me sonríe y me da un beso. Nos pedimos unos montaditos ya mucho más tranquilos. Ay, en un ratito la siesta en casa.

Cuando voy a pagar veo la tarjeta de mi psicóloga Begoña al lado de la estampita de san Judas Tadeo que me dio la tía Conchi. Pero, entonces… ¿qué tarjeta le he dado a Vanessa?

Hostias. El Flamingo's.

Capítulo XXII

Contra los celos, eso

Pues parecía que el sábado ya estaba arreglado y sería un camino de rosas, pero no. Una vez superada la euforia del reencuentro y habiendo sacado a Vanessa del tablero, vino lo que tenía que venir. Ocurrió mientras estábamos acurrucados en el sofá, viendo la mierda de secuela de *El resplandor* y más concentrados en acariciarnos el pelo que en otra cosa.

—Rita… Durante este tiempo, es decir, estos meses… Quiero decir, que si has estado con alguien.

—Sí, claro. Con dos. Bueno, digamos que uno no cuenta, porque no veas tú el polvo raro que…

—Ayyy…, qué dolor. —Se revuelca por el sofá y se sujeta la tripa como si le doliera mucho el estómago.

—¿¿¿Qué te pasa???

—Ayyy…, que me duele mucho imaginarlo. —Esto ya lo dice encogido en posición fetal. No sé si es teatro, pero me da que no—. Pero claro, cómo soy tan gilipollas de pensar que ibas a estar sola, una tía como tú… Ayyy… Joder, duele mucho pensarlo. Duele mucho imaginarlo, no te imaginas cuánto.

Sí, claro que me lo imagino. Yo empecé a escribir este libro cuando ya habían pasado unos meses de la ruptura, pero no te quiero ni contar lo que fueron los primeros días. Bueno, y las semanas. Continuamente tenía en la cabeza la imagen de Jaime y Vanessa en la cama, diferentes posturas, coitos variados a gusto del consumidor, en la ducha, en la cocina, en la gestoría. Mi cabeza era un batiburrillo de penetraciones, caras de éxtasis y gemidos. Como para volverse loca, de verdad. Estaba paralizada por el horror. Recuerdo un día que ni siquiera pude ponerme los zapatos y salir a la calle. Me quedé en la cocina con la vista perdida, ni llorar podía, inmersa en el horror de su intimidad. Luego, pasaron las semanas y el dolor disminuyó, y la obsesión también. Supongo que será como el duelo en un luto: el dolor no se va, pero se hace más llevadero. Aprendes a convivir con él y te creas tus resortes para alejarlo o convertirte en su amigo. Pensé que, a lo mejor, tendría que ver con el TOC, pero ya veo que no, que es algo normal. También yo, qué burra, soltándole que sí y que además con dos. Pensar y luego hablar, eso es, no al revés, coño.

—Jaime, lo imagino, de verdad.

—No, tía, no te imaginas. Te estoy viendo en la cama con otro y... Ayyy..., no lo soporto. Duele mucho, tía.

Silencio.

—¿Cuántas veces fueron?

—Oye, no seas bobo, no empieces a querer saber detalles.

—Lo necesito, ¿cuántas veces?

—Pues con uno, nada, una y mal, salí pitando. Con Zósimo, pues teniendo en cuenta que vivió aquí...

—¿VIVIÓ AQUÍ?

Ay, madre.

—Sí, pero no se vino a vivir como novio, sino como okupa.

—Pero tía, ¿qué dices?

—A ver, je, je, je... Yo creo que nos estamos liando... Resulta que se nos metió en el piso de al lado un okupa que era como Aquaman, pero con moño, y como era buen chico, pues Bruno, Antonia y yo decidimos echarle una mano para que no lo detuvieran. Y estuvo aquí tres semanas, pero vamos, solo hasta que le dieron su piso, que es una pasada, en Puerta de Hierro, con piscina, jardines… O sea, que no era un okupa delincuente, quiero decir que es un tío superlegal y de buena familia que se lleva genial con Bruno y…

—¡Con Bruno! ¡Ayyy…! —Otra vez se encoge y se agarra la tripa—. Se ha ganado a Bruno. Ahora ya no me querrá a mí. Pero tía, que esto es muy fuerte, que rompimos hace dos meses y ya tenías aquí a un tío viviendo.

—Perdona, dos meses no. Tres y porque yo di el paso. Y sí, Bruno le adora, porque el chaval se hacía querer, pero vamos, que eso no significa que no se vaya a poner contento de verte. Que no es tonto, de hecho, es superdotado y a ti te quiere con locura.

—Ayyy… Tanto si tengo los ojos abiertos como cerrados te veo follando como una loca con Aquaman en tu cama, en esa cama en la que hace unas horas estuviste conmigo.

—¿Sabes qué, Jaime? Ayyy…, lo que yo pasé imaginándote a ti con Vanessa, a la que encima le ponía cara y culo, porque vi la puta foto. Ayyy…, lo que duele, pero ¿sabes qué? Que la mente todo lo magnifica, lo bueno y lo malo; luego la realidad es bastante más mediocre.

—Entonces, ¿no te lo pasabas bien con él en la cama? —Abre los ojos esperanzado.

—Pues, pues… Pues no, mira. Regulín. A veces mejor, pero vaya, en general… Meh.

—Mientes, mientes para no hacerme daño.

Pues claro que miento.

—No, no te miento.

Esto pinta mal. Sigue en el sofá encogido en posición fetal, dándome la espalda, y ahora está llorando. A ver cómo soluciono esto.

—Jaime, escucha. Yo ya pasé por esto antes.

—Lo sé, lo sé… Perdóname, tía. Me está bien empleado, yo provoqué este sufrimiento y ahora es justo que me dé en toda la cara.

Pobre, qué ingenuo.

—No, cariño. No fuiste tú. Fue el amarre, el vudú y los enemigos de Obatalá.

—¿Qué?

—Nada, nada. Déjame pensar cómo arreglamos esto.

Tengo que pensar algo, porque corro el peligro de que este no soporte más verme en la cama con Zósimo cada vez que me mire y se vaya.

¡Ostras! Hoy actúa Candorowsky en la Galileo. Es una especie de mentalista... No, espera, mentalista es Anthony Blake, este es pensador, una especie de Coelho pero en bien, un filósofo moderno argentino que tiene respuestas para todo. Yo le sigo en redes. La verdad es que tiene unas cosas que dices «Claro, joder, con lo fácil que es y yo aquí comiéndome el tarro». Tengo entendido que después del *show*, o la charla o lo que sea, recibe en su camerino a gente conocida a la que saluda. Como conozco a Ángel, el dueño de la sala, voy a intentar que nos ponga en la lista de puerta porque el aforo lleva semanas completo. Y de paso, que él nos reciba al acabar en su camerino, que le diga a Jaime un par de frases mágicas de esas, le cure los celos y las obsesiones y listo. Si es que no puedo ser más espabilada. Ahora ya sabemos a quién salió mi niño.

La sala está a reventar y no nos queda otra que estar de pie. Lógico, Ángel nos dejó pasar por enchufe pero están todas las mesas ocupadas, claro. Jaime lleva todo el día como alma en pena, parece que hasta tiene el pelo más fino y mustio de lo habitual. Habla poco, casi no me mira y desde lo del sofá no ha comido nada. Bueno, han pasado menos de cuatro horas, tampoco es para tanto. No quería venir, me decía que esto es una «gilipollez para gilipollas», pero yo sé que en cuanto vea a este hombre poderoso, con ese pelo tan blanco, esa perilla de sabio y las frases tan bien entonadas, cambiará de opinión. Yo estoy continuamente cogiéndole la mano, contándole chistes graciosos y haciendo con él planes de futuro, hasta le he dicho que se venga el lunes conmigo a la sesión de fotos de los cosméticos ecológicos, pero no levanta la mirada del suelo. Contesta con monosílabos y esto empieza a ser preocupante y, sobre todo, aburrido. Muy aburrido.

¡Comienza el espectáculo! Es lo que llaman psicomagia. Hay de todo: ritos chamánicos, teatro, psicoanálisis... La gente puede participar, pero nosotros no porque no tenemos el chichi *pa* farolillos. Y bien que le vendría a Jaime, porque Candorowsky promete una catarsis de curación al voluntario. Se levantan varias manos y sube una chica de las primeras mesas.

Jaime mira concentrado el cordón de su zapatilla, pero yo sé que en realidad no ve el cordón, sino a mí misma cabalgando a Zósimo. Le doy un codazo para que, al menos, esté atento a la última parte del espectáculo, porque Candorowsky da una serie de resortes muy interesantes para derribar barreras emocionales y acabar con el sufrimiento, como Buda pero en moderno y argentino.

Termina el espectáculo y nos acercamos al *stand* de *merchandising*: hay libros suyos de ensayo, psicoanálisis y sanación. ¡Hasta de tarot! Pienso en Maricarmen y le doy las gracias mentalmente por haber recuperado a mi chico, A MI NOVIO.

Nos acercamos al camerino y ya empieza a formarse una cola del copón. Menos mal que yo cogí a Jaime de la mano y me lo traje corriendo justo cuando empezaban los aplausos de despedida. Somos los terceros. Estoy nerviosa, no te lo voy a negar. Este hombre impone, es un sabio, pero oye, también mi hijo es sabio y no por eso dejo de montarle el pollo cada vez que se deja abierto el grifo.

Joder, la gente, qué pesada. Mira que tardan. A ver, circulen, que hay mucha cola y el hombre ya estará cansado, que tiene sus añitos y se ha tirado casi dos horas en el escenario. Solo falta uno, que ya está dentro del camerino. Echando una media de diez minutos por visita, pues… ¡NO! Ya sale, le veo cómo le da la mano y las gracias reflejado en el espejo del camerino, con sus bombillitas y todo. Aprieto la mano de Jaime y le miro sonriente: aquí está nuestra solución.

—Tú déjame hablar a mí —le digo mientras se encoge de hombros desganado, como diciéndome «a mí como si te lo follas, total ya…».

—Buenas noches, don Gregorio. Nos ha encantado su *show* y somos muy fans suyos desde siempre. —Candorowsky me mira y asiente como el que ve pasar los barcos—. Eeeh, bien. Supongo que está harto de que todos le digan lo mismo y estará cansado. —Asiente, sí, está cansado y hasta los cojones de la gente, vale—. Así que voy a ir al grano. —Meto la quinta como si estuviera teniendo un momento María Patiño y lo suelto todo a la carrerilla—. Verá usted. Este chico es mi novio. Hemos estado separados tres meses por cosas que no vienen a cuento. El caso es que, en estos tres meses, yo me he acostado con otros. —Ese «otros» ha dolido, porque escucho un gemido que parece provenir de las entrañas más recónditas de Jaime—. Y ahora él está fatal. No lo supera, don Gregorio, no lo supera. Cada vez que me mira, no puede evitar verme foll… teniendo sexo con otro, y eso le causa un dolor tan enorme que le impide tomar contacto con su ser, su vida y su realidad. —Me pongo un poco profunda para estar a la altura del gran pensador—. Y si seguimos así, pues al final vamos a tener que volver a separarnos, porque esto, o lo supera y le quita importancia o ya me dirá usted el futuro que…

Me frena extendiendo una mano. Sí que está cansado, sí. Lentamente dirige la mirada a Jaime, que, asustado, le devuelve la mirada.

—Escuchame, boludo… La vagina que *ellsha* le dio a esos hombres no es la misma vagina que te da a vos. Es otra.

Y nos hace un gesto con la mano de «*arreglao,* circulen», pero esto a Jaime no le vale de nada, si lo conoceré yo. Demasiado profundo lo de la vagina, él necesita algo más mundano. Hacemos el gesto de irnos, pero yo no puedo desperdiciar esta oportunidad. Una última intentona.

—A ver, Jaime. ¿A ti te sirve lo que te ha dicho este señor de mi vagina?

Niega tristemente con la cabeza.

—Pues no le sirve, ya me dirá usted qué hacemos, don Gregorio.

A don Gregorio se le están inflando las pelotas, no hay más que verlo. Da un paso al frente para tener a Jaime más cerca y casi con la nariz tocando la suya le espeta:

—Vos sos un celoso de manual. ¿Querés acabar con esos celos? Vestíte de celoso, después debés enterrar bieeen profundo esa ropa, y en ese acto quedan enterrados también los celos. Así vos renacerás como el ser completo que sos, ¿viste? Buena suerte y gracias.

¡Genial! En alguna parte leí que un ritual es el paso de una situación a otra, la escenificación de ese paso, lo que le otorga credibilidad. Eso es lo que nos propone este hombre. Es simplemente genial.

Debería hacer un altar dedicado a él y a Maricarmen.

Nos acostamos pensando en cómo haremos mañana el ritual. Jaime parece más animado, le ha gustado la idea. Se debe de pensar que lo de vestirse de celoso y enterrar la ropa va a tener un efecto mágico o algo. Sé que los placebos hacen milagros, pero no seré yo quien se lo diga.

—¿Y cómo se viste un celoso? —me pregunta mientras se quita los calcetines para meterse en la cama.

—Pues un celoso…, un celoso es una persona horrible, así que se tiene que vestir de horrible. ¿Dónde venden esa ropa horrible?

Pues en los chinos, claro. Mañana vamos al chino que hay dos calles más arriba y te dejamos hecho un cuadro, verás qué bien.

—Vale —acepta ilusionado.

Me pongo cariñosa, le acaricio la tripilla, pero cuando bajo la mano un poco más, me la sujeta y me dice muy serio:

—No, ahora no que todavía soy celoso y estoy sufriendo. Mejor mañana cuando esté curado.

Ay. Cuatro esquinitas tiene mi cama.

Buenas noches y amén.

Jaime me ha despertado superpronto, no sé yo si el chino estará abierto a estas horas. Le veo tan contento que estoy por preguntarle si está seguro de que todavía es necesario hacer la mierda del ritual, porque igual ya se le ha pasado y podemos desayunar tranquilamente, ir al rastro a comprar pendientes y hacernos un cine antes de que vuelva Bruno, pero me callo por si me precipito y la cago, que yo soy muy de precipitarme y cagarla. ¿Los chinos dormirán alguna vez? Domingo, 09:30 de la mañana y aquí están, sonrientes como si les hubieran dado cuerda.

—Pues tú dirás —me dice Jaime mientras miramos los burros de ropa.

Muy fácil: unos pantalones de tergal marrones que le quedan como el culo, la cremallera casi no le cierra y son ridículamente anchos por abajo; un jersey amarillo limón de pico con rombos granates; una cazadora naranja fosforito con unas mangas que le quedan cortas; y una gorra enorme como de rapero cutre en la que pone *God Save the Queen*. Para completar el *look*, le cierro un poco la chupa y me fijo en que los pantalones le quedan cortos. Vamos, el conjunto es terrorífico. Se mira en el espejo y sonríe satisfecho. Candorowsky estaría muy contento si nos viera.

Salimos tal cual del chino (la china no dice nada mientras pagamos, pero se le ha borrado la sonrisa de la cara) y ahora viene la parte dos del plan. Tenemos que encontrar un sitio donde se pueda quitar este magnífico *look* para enterrarlo y ponerse su ropa.

Vale, déjame pensar. Nos metemos en el coche, así evitamos que le pueda ver alguien, y mi cabeza comienza a elucubrar.

—A ver —comienzo—, enterrar no significa bajo tierra, ¿no? Quiero decir, que no especificó. Se puede enterrar entre bolsas de basura, que además es mejor porque da más asco. La mierda, con la mierda, ¿verdad?

—Mmm… Sí, claro.

—Bien, vamos a buscar unos contenedores para que te puedas meter entre ellos y cambiarte sin que te vea nadie mientras yo meto la ropa de celoso en una bolsa y te la doy para que tú, personalmente, la entierres bien enterrada entre las demás bolsas del contenedor.

—Además, como es pronto, genial. No hay mucha gente por la calle un domingo a las diez de la mañana.

—Pues andando.

Media hora después estamos por la zona del Planetario. Hay unos edificios que dan a una especie de pequeña explanada, y ahí, enfrente de los edificios, a pie de explanada hay tres contenedores perfectos para nuestro plan. Nos miramos, asentimos y Jaime para el coche. El pobre, con lo tímido que es, va a quedarse en pelota en medio de la calle. En fin, en peores garitas hemos hecho guardia. Caminamos unos metros hasta los contenedores, comprobamos que, efectivamente, los tres están hasta arriba de bolsas. Huele que apesta… A ver si me va a dar un mareo en pleno ritual y no concluimos.

—Bueno, aquí tengo tu ropa. Venga, métete entre el de productos orgánicos y el de cartones, me vas dando la ropa y en cinco minutos esto está listo.

Jaime avanza tímidamente, mira a los lados, se toca el pelo disimulando. Se quita la chupa con calma y me la da. Me da la gorra y de repente, como si tuviera una guindilla en el culo, se quita a toda leche el jersey y los pantalones. Madre mía, está en calzoncillos, solo falta que lo detengan por escándalo público. Yo voy guardando todo en la bolsa que hay que enterrar y le paso rápidamente sus vaqueros. Está metiendo el pie, cuando se oye desde una ventana del edificio de enfrente una voz de señora muy enfadada:

—¡Marranos! ¡Sinvergüenzas! ¡Borrachos! —Sobre todo borrachos, no te jode—. ¡Iros a un hotel! ¡Vergüenza tenía que daros! ¡Un sitio donde hay niños! —¿Hoy?, ¿dónde? Yo no veo ninguno, que bajen más tarde es otra cosa—. ¡Voy a llamar a la policía! ¡Gamberros, sinvergüenzas!

—Joder, joder, joder… —dice Jaime mientras se sube los vaqueros y se pone la camiseta al revés.

—Toma. —Le doy la bolsa cerrada con la ropa que tiene que enterrar—. Métela en el contenedor debajo de las que están arriba, no sé si me explico, que la entierres. ¡Vamos!

Jaime coge la bolsa, abre la tapa del contenedor y empieza a sacar bolsas de basura. Qué asco, qué mal huele. La señora sigue gritando. Jaime saca más y más bolsas para que la suya quede enterrada bien profunda. Está sudando. Yo le digo:

—Bueno, ya vale, ¿no?

—¿Tú crees?

—Sí, seguro.

Entonces cierra los ojos como si fuera a hacer algo trascendental para la continuidad del universo y arroja la bolsa con la ropa del chino. Nos asomamos al contenedor y la observamos una última vez para despedirla, le decimos:

—Adiós para siempre, no te queremos con nosotros.

Esto no lo dijo Candorowsky, fue aportación mía, pero sinceramente creo que el ritual ganó muchísimo. Y empezamos a tirarle encima todas las bolsas de basura que Jaime había sacado y dejado en el suelo. Hay como diez. La ropa de celoso no podría quedar más enterrada, vamos. La señora sigue gritando histérica y a lo lejos oímos una sirena de policía. ¡MIEEERDA! Solo nos queda una bolsa más. La cogemos entre los dos y la tiramos con furia dentro del contenedor, teatralizando así nuestra despedida del Jaime celoso y sufridor. Justo cuando cierro la tapa del contenedor rápidamente mientras Jaime coge las llaves del coche, comienza a sonar un móvil. No es el mío. Más bien suena desde las profundidades del contenedor.

—¡Hostia, mi móvil! —dice aterrado.

El móvil sonando, la vecina gritando, la sirena aullando. Gracias, Candorowsky, esto no lo olvidaré en la vida.

—¡Da igual el móvil! ¡Corre, ya te comprarás otro y que te hagan un duplicado de la tarjeta!

—Pero, tía, ¡que es un iPhone!

—¿Y qué? Ese puto iPhone simboliza todo lo que dejas atrás: Vanessa, yo follando con Aquaman, todas las llamadas que nunca te hice… Este es tu nuevo renacer, el que decía Candorowsky, ¿no lo ves? ¿O quieres dormir en el calabozo?

—Vale, tienes razón. ¡Corre!

Corremos hasta el coche, joder la señora cómo grita. Anda y vete a hacerle los coros a Mónica Naranjo, so loca. Cuando abandonamos la explanada, todavía no ha llegado el coche de la policía, aunque oír se oye cada vez más cerca.

Tenemos la adrenalina a mil. Cuando por fin estamos más tranquilos, Jaime para el coche y nos abrazamos llorando, yo creo que más por la alegría de no estar esposados en comisaría que por otra cosa. Soy una firme defensora de que las situaciones de peligro unen. Y henos aquí, juntos superando la adversidad y a la señora loca de los gritos. La verdad es que lo he pasado mal, si es que soy muy miedica. Yo veo una gallina con un poco de carácter y me cago.

—Que le den por culo al móvil —dice.
—Que le den —digo.
—Me muero de ganas de ver a Bruno.
—Pues a las ocho lo tenemos en casa.

Sonríe. Por vez primera, vuelvo a ver al Jaime sereno y un poco pánfilo que amo.

Bruno no sabía que Jaime estaba en casa. Era una sorpresa. Gritó, saltó, le abrazó. No paraba de hablar, de contarle cosas del cole, de que «a la mierda el colegio de los superdotados», que mamá está salvando a un viejecito del hospital, que tiene un nuevo juego de la Play que tiene que probar, y no sé cuántas cosas más. Está tan contento de verlo que no puede parar de hablar.

Eso sí, de Zósimo ni una palabra.

Sí que es listo, sí. Más que yo.

—Señoritos, pónganse con la Play y lo que quieran, pero que no nos den las tantas, que uno mañana tiene cole, el otro trabajo y servidora necesita levantarse con buena cara para las fotos ecológicas.

Capítulo XXIII

Soy modelo

Pues para todas las movidas que llevo encima, he dormido bastante bien, lo que es una buena noticia para mí y para Ecosmetic, la supermarca de cosméticos naturales, respetuosos con el medioambiente y no testados en animales con la que hoy tengo sesión.

Pagan una mierda, pero bueno, tampoco le vamos a pedir peras al olmo porque es una campaña para Instagram, no para la BBC. Me pone bastante de mal humor que paguen una mierda con la excusa de «si la campaña funciona, luego haremos ya la publicidad gorda para televisión y vallas». Nada, mentira. Cuando te dicen eso, ya sabes que te están colando lo de «esto es un experimento pagado» para ahorrarse pasta. Es como toser y rascarse los cojones, no sirve para nada. Bueno, sí, para pasártelo bien un día y llevarte unos fotones y una propina extra. Menos mal que con el programa tengo una continuidad; millonaria no me va a hacer, pero voy tirando de maravilla. Tengo ganas de ir a Albacete a ver a mi madre. ¿Por qué me acuerdo ahora de Albacete y de mi madre? Ah, claro. Por la pasta y lo de «ir tirando», que hace tiempo que la mujer no me tiene que ayudar.

Antes de que me recoja el coche hago una llamada al hospital. Sigo sin respuesta de Dulce Atardecer, ni contestación al *e-mail,* ni llamada, ni Cristo que lo fundó. Qué cara más dura. Voy a ir quemando los últimos cartuchos, así que hoy toca pedirle al médico que lleva a Antón un informe de su estado para seguir achuchando al sistema un poco y que mueva ficha. Tengo suerte porque el médico en cuestión es Javier Tamayo, que sé yo que me tiene echado un poco el ojo. Esas cosas se notan, y debajo de la bata y el fonendo hay un hombre como los demás, con sus debilidades, sus deseos y sus vaqueros *slim*, que, madre mía, qué mal le quedan. Primero llamo a Almudena.

—Almu, guapa. Búscame a Tamayo, por favor. Dale mi número, que ya verás como se pone contento. Dile, por favor, que me llame, que me urge un pelín.

—Rita, por favor, estoy a mil ahora mismo. Tengo la planta con dos camas en la mayoría de las habitaciones.

—Es para el tema de Antón.

—Voy.

Si es que la unión hizo la fuerza desde siempre, porque no pasa un cuarto de hora y ya me está llamando Javier.

—Dígame, señorita.

—Hola, Javier. Gracias por llamar tan rápido. Mira, necesitaría el informe de Antón, el de la habitación 422, a ver si me lo puedes hacer.

—Ah, vale. Me había asustado, pensé que igual te pasaba algo.

—Y pasar me pasa, que te lo resuma Almudena, que yo salgo a trabajar ahora.

—Bueno, no hace falta que me cuente mucho porque por aquí ya sabemos cómo está el tema, a ver por qué te crees que estamos retrasando al máximo el alta de Antón…

Vaya, pues al final resulta que sí es verdad que están a la espera de que se solucione la movida.

—Ya… Él todavía piensa que se va a ir a casa con su mujer. Supongo que eso es imposible, ¿no?

—Totalmente, ya no se valen por sí mismos, no sabes cómo tenían la vivienda, por eso ya pasó el tema a Servicios Sociales. Y lo de que él piensa que vuelve a casa, ya te digo que no. Sabe que de aquí se va directo a una residencia, lo que pasa es que es tan tranquilo el hombre que nunca levanta la voz ni se altera. Está a la expectativa, como todos.

—Te juro que no entiendo cómo es posible que algo que es tan de cajón como no separar a un matrimonio que llevan sesenta años juntos sea tan difícil de entender para el mundo. Me doy cabezazos, vaya.

—El mundo, la burocracia, el sistema están regulados como están.

—Sí, mal.

—Exacto, pero si todo se hiciera con los sentimientos y sin papeles, ya te digo yo que el mundo no funcionaba, Rita, te guste o no.

—Bueno, ya lo sé. ¿Me haces el informe, entonces?

—Te lo hago.

—Y si se lo mandas por *e-mail* a la residencia directamente, me haces madre —se ríe, qué más quisiera—, así tiene más fuerza. No es lo mismo que lo envíe el propio doctor a que lo haga una voluntaria que pinta menos que nada.

—Lo hago. Lo envío. Me debes una.

—En la cafetería del hospital, cuando quieras. Gracias, Javier.

—Doctor Tamayo, por favor.

Ay, no, tonterías ahora no.

—Eeeso es, perdón, doctor Tamayo. Besote y mil, dos mil, tres mil gracias.

Hala, misión cumplida, por ahora. Le doy un besito a Bruno, que se acaba de levantar, y otro a Jaime, que está saliendo de la ducha, y bajo corriendo, que ya me ha avisado Antonia de que está el coche de producción abajo en doble fila.

Hola, fotos, maquillaje, belleza sin fin. Hola, Photoshop, sombras de ojos, polvos compactos y *rouge* de labios. Hola, glamur. Allá voy.

El estudio es bastante grande y ya hay un montón de gente. Es muy blanco y luminoso, da muy buen rollo. Hay una chica micrófono en mano al lado de un cámara. Qué guay, me van a hacer una entrevista. La han llamado los mismos de la marca para hacer un poco de promoción de la campaña. Es de uno de esos programas en los que te hacen preguntas sobre tu trabajo para calentar y luego ya te sueltan la pregunta chorra, que es la que de verdad les importa y la que sacarán. Como estoy sin maquillar, me pongo en plan Greta Garbo y le digo que no me puedo quitar las gafas de sol, claro. No falla: me pregunta por mi trabajo, por la campaña de hoy, por mis proyectos... Luego ya vamos en curva descendente: qué tal tu hijo, qué tal tu vida sentimental, que si hay boda a la vista... Y ya por fin la pregunta chorra, que es lo único que saldrá tras una entradilla rápida en la que nombrarán muy de paso la campaña de Ecosmetic. En fin.

—Rita, si te dieran veinte mil euros por salir desnuda a la calle, ¿qué harías?

—Lo primero, reformar la cocina. Luego, ya veríamos.

La dejo con cara de ver pasar un meteorito y sigo a lo mío.

Me gusta a mí la jarana esta. La auxiliar de producción se llama Marta y es una chica pequeñita y rubia natural con unas gafas que se sube constantemente con el índice. Está en la puerta esperándome. Jesús, los de producción llevan las prisas en el ADN, parece que viven siempre acelerados, ¿verdad? Producción siempre es «corre, que si no vamos tarde».

Marta me acompaña a maquillaje y me presenta a Raúl, el maquillador. Raúl tiene unos pómulos altos y preciosos. Parece keniata. ¿Serán de verdad? Qué ganas de tocárselos. Es el típico gay enrollado, parlanchín y cercano. Igual me deja tocárselos antes de terminar la sesión. Ya tiene toda la artillería desplegada, las bombillitas del espejo encendidas y un montón de dibujos de una cara (la mía, supongo) con los diferentes maquillajes que voy a llevar, que son una pasada, todos muy felinos, con ahumados exagerados, marcas tribales en las mejillas como si me las hubiera hecho yo metiendo antes el dedo en el barro y hasta unas plumas negras con motitas de leopardo para las pestañas.

Antes de nada me desvisto y me pongo un albornoz, porque me voy a hacer el pelo y no queremos ningún desastre luego al quitarme la camiseta. Me da con un chus-chus de agua en la cabeza, y cuando ya está todo el pelo mojado, me echa gomina y listo. Todo para atrás. Uy, qué rara con la cara tan despejada. Fea no, rara. Bueno, que me maquillen cuanto antes a ver si mejoro este aspecto mustio que tengo de película de Tim Burton.

Dicho y hecho. Raúl es una máquina: rápido y eficaz. Tiene claro el orden de cada uno de los maquillajes (seis en total) para ir de menos a más, que siempre es más fácil poner que tener que quitar para luego volver a poner, ya me entiendes. Son primeros planos de cara y lo disfruto muchísimo. La fotógrafa es una chica muy amable que se llama Lourdes y tiene un estilo francesito muy chic. Marta no se separa de mí ni un minuto y en cuanto Lourdes dice «este ya lo tengo», me acompaña otra vez a maquillaje para el siguiente, y así nos tiramos la mañana. La gente del equipo parece que se pone de acuerdo cada vez que aparezco para decir «ooooh», «aaaaah», «hala, qué guapa», «impresionante» y cosas así. Yo me siento genial y quiero seguir. Hay trabajos que, de verdad, merecen la pena por la alegría, aunque te paguen una mierda.

Delante del objetivo de Lourdes muerdo fuerte para marcar mandíbula, abro mucho la boca como si estuviera rugiendo, saco la lengua como si me relamiera y achino los ojos. Esto tiene todo un rollo muy salvaje que me gusta muchísimo. Para lucir las pestañas de plumas, tengo que abrir mucho los ojos, porque pesan lo suyo y el efecto es buenísimo. Trabajamos sincronizadas como el mecanismo de un reloj. Me hago varias fotos en el espejo para subirlas a Instagram y me da mucha pena porque ya estamos terminando.

Me entra un *e-mail*. Es Tamayo, que me ha puesto en copia oculta en el informe de Antón que ha enviado a Dulce Atardecer. Qué *crack*. Le echo un ojo rápido por encima. Bla, bla... Ajá, aquí está: ... *lo que afectaría gravemente al deterioro cognitivo del paciente*. Muy bien, perfecto. Lleva la firma *Doctor Javier Tamayo, colegiado número 21.045*. Impone.

—A ver, abrid las dos puertas que ya está aquí la jaula. —Oigo que dice alguien.

¿Jaula? ¿Qué jaula? No me digas que me traen al león porque, primero, me cago viva; segundo, llamo a PACMA para que lo solucionen. Es el colmo que en pleno siglo XXI haya un solo animal enjaulado y encima lo traigan aquí, con el estrés de gente y de focos que supone. Lo siento, me voy a cargar la campaña, pero voy a montar el pollo. Mis principios y mi moral están muy por encima de...

—Rita, ya está aquí tu jaula —me dice Marta.

—¿Mi jaula? ¿Qué jaula?

—En la que tienes que estar cuando te hagan el maquillaje de cuerpo. ¡Rrrrrgggh! —Finge un rugido con zarpa y todo.

—¿Qué jaula? ¿Qué maquillaje de cuerpo? ¿Qué dices? —Empiezo a ponerme nerviosa porque no me gusta que comiencen a pasar cosas raras.

Veo a cuatro tíos bajando por las escaleras como pueden una jaula. Están sudados y parece que discuten.

—Emilio, joder, que ya te dije que esto no iba a caber bien.

—Bueno, tío, a mí me dijeron lo que medían las dos puertas abiertas y esto en teoría entraba sin problema. Las rozaduras y los golpes, pues lo siento. Además, es una jaula, no creo yo que pase nada porque haya un pequeño rayón en los barrotes de la esquina, que es una jaula, hostia, no un Audi.

Suben unos chicos de nuestro equipo a echarles una mano y por fin colocan en medio del set una jaula encima de unas ruedas dándole el efecto de carromato de circo y un cartel que pone *Don't feed the animal.* ¿A qué animal se supone que no deben alimentar? ¿A mí? ¿Qué coño es esto? Y sobre todo, ¿¿¿qué significa maquillaje en el cuerpo??? A ver, por favor, que yo estaba muy feliz y tranquila y estoy empezando a ponerme mala.

—Marta —me pongo en jarras; con el albornoz y en esta postura debo de parecer mi madre—, a ver, explícame esto.

—¿No lo sabes? —Abre mucho los ojos.

—Eeeh…, no.

Beltrán, estás muerto.

—Pues es la foto estrella de la campaña: tú dentro de la jaula con el cuerpo pintado de leopardo salvaje de la selva.

—Sabana.

—¿Qué?

—Que los leopardos no están en la selva, están en la sabana. Continúa.

—Nada, eso. Tú te pones a cuatro patas y miras a la cámara con mala hostia. ¡Ah! Y el salto para el vídeo.

Ajá. El salto.

—¿Qué salto?

—Pues van a hacer una cosa chulísima, porque ya sabes que esto es todo ecológico y proanimal, así que te vamos a abrir la puerta de la jaula y tú vas a saltar fuera, y cuando estés saltando te conviertes en un leopardo de verdad, y así simbolizamos totalmente la libertad de los animales salvajes, su grandiosidad en el hábitat y que menudos hijos de puta los que los tienen encerrados —dice muy satisfecha.

—Ya. No, si yo lo veo muy bien. Vamos, de hecho el concepto me encanta. Eso de que justo cuando salto me convierta en un leopardo real, tan majestuoso, libre, grandioso, imponente. Supongo que le meterán también un rugido bestial. —Marta asiente, está entusiasmada la mujer—. Pero no sé qué es eso del maquillaje de cuerpo.

—Pues que no llevas ropa. Te maquillan todo el cuerpo. Vas desnuda, pero no se nota, ¿eh? Ya ha llegado la ayudante de Raúl, te lo van a hacer entre los dos.

—Yo no sabía nada de esto. Me niego.

Me doy la vuelta, cojo el móvil y llamo a Beltrán mientras ya noto cómo empiezan a encendérseme las orejas. Mierda, me las toco y sí que están calientes. Me miro en el espejo mientras salta el buzón de voz de Beltrán y veo que ahora ya sí las tengo rojas rojísimas.

—Marta, por favor. Tráeme a alguien que mande aquí. No sé, alguien de la marca, el jefe de producción, quien sea.

Marta ha debido de ver algo chungo en mi cara porque sale como un torpedo. En menos de cinco minutos tengo delante de mí a un señor con corbata y cara de susto (este es de Ecosmetic y es nuevo, seguro) y una señora bajita con gafas de culo de botella y cara de mala hostia (esta es de producción, seguro).

—Hola, Rita. Me llamo Dolores —el nombre le pega mucho, no hay más que verle la cara—, y llevo la producción de la sesión. Te presento a Salvador Perpetuo, jefe de *marketing* de Ecosmetic. ¿Qué pasa?

—Pues lo que pasa es que yo no sabía nada de que tenía que desnudarme y no lo voy a hacer.

El señor Perpetuo comienza a sudar, será por el mal trago que estamos pasando y el disgusto que les estoy dando, jodiendo la idea estrella de la sesión. O a lo mejor suda simplemente porque es un señor gordito, que también puede ser.

Dolores teclea algo en su móvil y me gira la pantalla.

—El contrato, firmado por tu representante, Beltrán, en representación tuya. Si quieres te lo imprimo.

O si me acerca la pantalla un poco más, me la estampa en la cara y me deja chata, que todo puede ser. Lo cojo, leo las cláusulas y, efectivamente, ahí está. Pone lo del maquillaje de cuerpo, la jaula y la puta que los parió.

Vuelvo a llamar a Beltrán y sigue saliendo el buzón de voz. La rabia ha pasado a la tristeza, nunca pensé que fuera capaz de meterme en semejante lío y desaparecer. Él es mi amigo leal, mi Paquita Salas. No puede hacerme esto. Noto que las lágrimas se me agolpan en los ojos y comienzo a quitarme las plumas de las pestañas. Me doy cuenta de que, aparte de Soledad y el señor Perpetuo, se ha formado un corrillo de gente expectante, están hasta Emilio y sus compañeros, esperando el desenlace de esta triste historia de engaños, lágrimas y leopardos enjaulados.

Lo he decidido: no lo voy a hacer. Me siento, cruzo las piernas, me trago las lágrimas y digo como puedo:

—Pues yo de esto no sabía nada y mi repre tiene el móvil apagado, así que lo siento por todos vosotros y por la marca que ha confiado en mí: no lo voy a hacer. No voy a salir desnuda. Es mi última palabra, así que ya podéis recoger, demandarme o matar a mi mánager, pero hasta aquí hemos llegado. Fin.

La ayudante de Raúl dice:

—Pero mujer, qué pena —parece decepcionada de verdad—, con lo maravilloso que queda. Se lo hicimos a Belén Rueda para una portada y el resultado fue tan espectacular...

¿A Belén Rueda? ¿En una portada? Hombre, haber empezado por ahí.

—Bueno, venga, vamos a ponernos a ello que nos van a dar las uvas. —Me levanto sonriente y hasta doy unas palmitas, entre llamando a la gente al orden y aplaudiendo la gran idea que vamos a llevar a cabo.

Dolores me mira con el morro torcido, no se fía, esta mujer no se fía, pero yo sonrío y me doy media vuelta hacia Raúl y su ayudante, que ahora ya sé que se llama Natalie y es muy profesional. ¡Qué suerte tengo siempre!

Capítulo XXIV

Gracias por venir

Han traído una camilla plegable y la están montando. Para mí, para que me ponga ahí desnuda. Trago saliva. Joder, qué vergüenza. Menos mal que, como últimamente tengo vida sexual, llevo el chichi bien depilado, en su justa medida: ni rasurado al completo como si tuvieras diez años, que me parece zafio, ni bigotito hitleriano, que es ridículo. Nada, nada. Una depilación brasileña perfecta de maquinilla en la ducha. Ay, qué vergüenza.

Marta me trae un café.

—Toma, ¿quieres?

Me toca el hombro, solidaria conmigo.

—Gracias.

Me tomo el café como si fuera arsénico, de golpe.

Están poniendo una funda desechable en la camilla, higiene ante todo, y Raúl y Marta empiezan a sacar todo tipo de botes y pincelitos. Todo esto me pone todavía más nerviosa, y entre los nervios y el café me están entrando unas ganas terribles de hacer caca. Y eso que no fumo, que si no, imagínate, «café y cigarro, muñeco de barro». Cojo del bolso el paquetito de toallitas húmedas y digo:

—Un minuto. Voy al baño y ya nos ponemos con ello.

—Tranquila, mujer, que todavía tenemos que terminar de sacar los trastos —me dice Natalie, a quien ahora envidio mucho por estar vestida y llevar una vida normal.

Marta me sigue con el *walkie-talkie,* parece mi sombra, la *jodía.*

—Acompaño a Rita al baño, en cinco minutos empezamos.

—¿Tienes que contarlo todo? Que no me pienso escapar, mujer.

Se encoge de hombros como diciendo «es mi trabajo y esto es lo que hay», mientras entro en un baño pequeñito y lleno de escobas, fregonas y espráis para mosquitos. Qué mal cuidado, de verdad. Con lo bonito que es el estudio, y luego esta mierda de aseo. «Si es que vivimos en la sociedad de las apariencias, qué pena, de verdad», pienso mientras hago caca.

Qué felicidad esto de hacer caca cuando tienes muchas ganas, ¿verdad? No solo por lo bien que te vas quedando según la haces, sino por la sensación de tripa lisa que tienes después. El café sí que era malo, sí, porque yo, que soy estreñida de siempre, estoy haciendo unos churritos que salen con una facilidad pasmosa; eso es que están blanditos. Bien. Sonrío pensando en las fotos espectaculares que vamos a hacer mientras me limpio. Menos mal que siempre llevo las toallitas húmedas, en situaciones como esta es fundamental que...

—¿Quién está dentro? —Oigo una voz masculina—. Recuérdale que la cisterna no va.

—Ritaaa... —me grita Marta mientras toca a la puerta—, que te acuerdes de que la cist...

—YA LO HE OÍDO.

Cómo que «recuérdale». Cómo que «que te acuerdes». A mí nadie me dijo nada. Veo un cartelito tirado en el suelo: *Váter fuera de servicio, perdone las molestias.* Mierda, nunca mejor dicho. Estoy sentada con las bragas por las rodillas y temblando. A ver cómo salgo de esta. Joder, que yo solo quiero vivir tranquila y estar en Grecia cantando canciones de Abba con ropa blanca vaporosa, nada más. Y estoy aquí, pensando cómo deshacerme de esta caca tan poco propia de una señorita, mucho menos de una *miss*. Se me viene a la mente la directora de producción de *Sábado y confeti*. En una ocasión que me dolía la tripa porque me habían sentado mal unos pimientos del piquillo, puso su mejor tono nazi y me dijo:

—Pero las *misses* son etéreas. Yo pensaba que una *miss* no comía pimientos del piquillo...

Parecía sorprendida de verdad.

Miro mi caca y decido que no voy a salir de aquí hasta que no desaparezca eso tan feo. Estoy encerrada, hay un pestillo, estoy a salvo. A ver, estrategias de supervivencia, que hay unos documentales en la tele sobre supervivencia de un tipo rubio que siempre tiene soluciones. Equipo, trabajo en equipo. Menos mal que tengo el móvil en el bolsillo del albornoz.

—Marta... Eeeh..., tengo un problema. He hecho caca.

—Has hecho caca, ajá.

—Y la cisterna no va.

—Hostias.

—¿Puedes ayudarme, por favor?

En producción siempre saben qué hacer.

—¿No hay cubos ahí dentro?

—No. Hay escobas y fregonas, pero ni un cubo.

—Vale, voy a buscar uno, lo llenas de agua, lo echas de golpe y listo. Ahora vuelvo. No salgas.

—No, no. Eso seguro.

En ese momento me llega un wasap de Jaime:

> **Jaime**
> No necesitas un espejo para saber lo bonita que eres

No sé por qué esta mujer tarda tanto. Me estoy poniendo nerviosa. Creo que se está formando cola en la puerta, porque alguien llamó y ya dije:

—La cisterna no funciona.

—Ya, pero es que yo solo quiero lavarme las manos, que se me han manchado de pintura.

Joder, joder.

—Dicen que la cisterna no funciona, voy a ver, porque igual es cosa de aflojar un poco la llave de entrada.

—A ver si salen, porque llevan dentro mogollón.

—Me estoy meando.

—Espera, que van a mirar el émbolo de propulsión.

—La llave, la llave de entrada.

—Eso, la llave de entrada.

Esto va a parecer la clausura del hospital de campaña de Ifema con Ayuso *on fire* repartiendo bocadillos de calamares como Marta no llegue ya. La llamo.

—Tía, Marta, por favor, ¿qué haces? Ven ya.

—Joder, ni un cubo en todo el estudio, ¿te lo puedes creer? También es mala suerte. He salido y en toda la calle solo hay un triste bar y pone *Cerrado por defunción*. Es lo que tiene trabajar en un estudio a las afueras en un polígono de mierda…

—Hablando de mierda —la corto—, ¿qué hacemos ahora?

—¿No la puedes tapar? Ponle papel higiénico por encima y listo.

—No, no puedo. Es… Es bastante grande… Huele mal, y fuera hay gente esperando, por favor, no me hagas tener que darte detalles.

—Vale, vale. Cuelga. Acabo de ver algo.

Bajo la tapa y me siento encima. En mi cabeza se forman mil emoticonos con la cara azul y la gotita de sudor cayendo.

Oigo murmullos afuera. Me quiero morir. No, quiero apretar un botón, desaparecer y aparecer en Grecia cantando *Dancing Queen*.

Por fin Marta llama a la puerta.

—A ver, por favor, dejadme pasar que a mí me están esperando. Rita, abre, bonita, que soy yo.

Murmullo de gente y alguna protesta. Creo que se están amotinando. Al lado de esto, la Toma de la Bastilla va a ser Port Aventura como no lo solucionemos ya.

Abro un resquicio de la puerta y veo a Marta, o lo que supongo que es ella, cargada con un ficus enorme que la tapa entera. Un ficus con su tierra, su tiesto y su todo.

La dejo pasar.

—Sí que huele un poco, sí.

—Pues lo siento. —Otra vez me pongo en jarras, que me da sensación de controlar la situación—. ¿Qué hacemos con el ficus? ¿Lo ponemos encima de la tapa y clausuramos esto o cuál es el plan?

—El plan es sacar el ficus y la tierra, llenar este pedazo tiesto tamaño cubo con agua del grifo y decirle adiós a la caca.

—Brillante. ¡Vamos!

Nos ponemos manos a la obra, nunca mejor dicho, porque arrancamos el ficus (de plástico, por cierto, qué fraude) y con nuestras propias manos volcamos la tierra hasta dejar el tiesto lo más limpio posible. Tiene un agujerito de esos para que no se colapsen las plantas con el riego, pero Marta saca veloz de su riñonera un rollo de cinta americana, arranca con los dientes un buen trozo y empieza a taparlo. Su *walkie-talkie* crepita y se oye:

—¿Dónde está Rita? Me dice Raúl que está desaparecida. ¿Se ha ido? ¿Alguien sabe algo? Ya decía yo que fingía, nos la ha colado. Esta se ha largado en albornoz.

Es Dolores la que habla.

Marta separa los rizos rubios que ya tiene pegados a la frente y dice por el aparatito:

—Rita está conmigo. Tenemos un pequeño problema puramente técnico que ya estamos solucionando y os la llevo a maquillaje enseguida.

Le quito el *walkie:*

—Exacto. Tengo un problema técnico, no mental ni de incumplimiento de contrato. No he desaparecido, de hecho, sigo aquí dentro. Hasta ahora.

Llenamos el cubo con agua, madre mía lo que pesa. Entre las dos lo sujetamos por los bordes y levanto la tapa del váter con el pie. Marta mira la caca con mala cara.

—Uy, sí que es fea. Tenías razón. A la de una, a la de dos y a la de…

—¡TRES!

Lanzamos el agua con fuerza y nos salpica un poco. Bueno, bastante. Adiós, caca, adiós. Desaparece como por arte de magia y yo estoy tan alucinada que abrazo a Marta, que ya es mi mejor amiga después de Berta.

—Vete —me dice—, ya vuelvo a meter yo la tierra y el ficus y su puta madre. Vete a maquillaje, por favor.

Salgo muy digna. Fuera hay un montón de gente amotinada. Cierro la puerta tras de mí y digo:

—Por favor, os pido un poco más de paciencia. —Abro los brazos como haría Jesucristo en la última cena—. Nuestra compañera Marta está solucionando un problema que ha tenido —qué morro tengo— y a la mayor brevedad posible, el baño estará disponible. Gracias por vuestra comprensión y hasta pronto.

Me ha parecido escuchar dentro un pequeño flish, flish, como si Marta estuviera perfumando con un ambientador o un espray antibichos. Qué *crack*.

Bueno, pues entro en maquillaje. Lo he pasado tan mal con la movida que lo de desnudarme y dejar que me maquillen me parece un recreo. Uf, esta molla. A veces dudo de mi dismorfia y pienso si realmente estaré gorda de verdad. Es que me cuesta un mundo hacer dieta. Huelga de hambre, eso es, esto lo soluciono con una huelga de hambre, una lucha por algún motivo en el que crea ciegamente y que me dé la fuerza de voluntad suficiente para no comer. Además, saldrá en los medios y eso me dará el empuje necesario para no decaer. Falta el motivo, que tiene que ser algo que no divida a la sociedad, para que todo el mundo esté de mi parte. No puede ser algo que tenga gente a favor y en contra, como la independencia de Cataluña o la calidad de los colchones LoMonaco, sino algo que nos ponga a todos de acuerdo, como la paz en el mundo. Ojalá lo hubiera pensado dos meses antes, no ahora.

Raúl y Natalie han comenzado a pintarme con sus pincelitos y parecen muy concentrados.

—Vaya —digo mientras meto tripa—, me veo gorda, qué horror. No quiero ni pensar lo mal que voy a quedar en las fotos.

—No digas tonterías, mujer. —Gracias, Raúl, necesito este subidón de autoestima—. ¿Para qué está el Photoshop?

Vaya por Dios.

Bueno, relax porque esto va a tardar. Qué pómulos tiene, ¿serán de verdad?

—¿Puedo tocarte los pómulos?

—¿Y yo a ti las tetas?

—Claro.

Nos tocamos mutuamente.

—Te las han puesto muy naturales, nena, con la caída perfecta. Muy naturales.

—A ti los pómulos también.

—¿Qué dices? Son míos. Están un poco hinchados porque me di con un columpio el otro día en toda la cara.

—Pues ya me dirás dónde está ese columpio para ir yo también —dice Natalie—, porque te han quedado divinos.

Nos reímos los tres. Da gusto currar con buen rollo.

Hora y media. Hora y media de maquillaje corporal, casi me duermo. Ahora, es un trabajazo. Me miro en el espejo y ¡es verdad!

Nadie diría que estoy desnuda, es como si llevara una malla. Qué fuerte. Y más fuerte es que está entrando Beltrán por la puerta. Va todo acelerado el hombre.

—¡Perdón, perdón! Me quedé sin batería en mitad de una reunión, y cuando por fin lo he cargado en el coche he visto todas tus llamadas. Lo siento, Rita, te juro que pensé que te había pasado el contrato, es que tengo mil cosas…

—Bueno, bueno, no pasa nada —le tranquilizo con unas palmaditas mientras visualizo la portada de Belén Rueda—. He sido razonable y ya está todo solucionado.

Camino desnuda hacia la jaula, no por exhibirme, sino porque no me puedo poner nada encima de esta obra de arte, lógico.

Me queda tan bien que me veo hasta un poco delgada. Ojalá se pusiera de moda en La Primavera de El Corte Inglés, yo me apunto fijo.

Todo el mundo me mira asombrado y comienza a aplaudir. Raúl y Natalie saludan como si fueran la reina madre.

Subo las escaleritas hacia la jaula y me transformo. No soy humana, soy un puto jaguar enjaulado y enfurecido. Me pongo a cuatro patas ocupando la jaula a lo largo, giro la cabeza a cámara, rujo, erizo el lomo, entrecierro los ojos. La fotógrafa dispara como loca. Esto está siendo una pasada.

—¡Hecho! —dice ella—. Ahora el vídeo y ya.

Ah, es verdad. Que también había un vídeo.

Traen una colchoneta y la ponen a continuación de la escalerita de la jaula. Me explican que ya estamos terminando, simplemente tengo que saltar desde la puerta abierta y caer en la colchoneta para no hacerme daño. Luego, en posproducción, según mi cuerpo sale de la jaula lo irán convirtiendo en un leopardo real y esto será para llorar de bonito y nos llevaremos todos los premios del mundo y yo seré la nueva Gigi Hadid, pero en un poco mayor.

—¿Lista?

—Estoy lista.

La puerta de la jaula está abierta, lo único que tengo que hacer es ponerme de pie, saltar y caer en la colchoneta. *Chupao*.

No me preguntes qué pasó porque a día de hoy todavía no lo sé. Lo único que puedo decirte es que tuve un cortocircuito parecido hace unos años en República Dominicana, cuando tenía que saltar del barco a una lanchita que nos llevaba de excursión a Isla Saona. Un señor dominicano nos ayudaba a todos y nos daba la mano desde la lanchita para que fuéramos entrando. No sé por qué, pero de repente cuando me cogió la mano, sentí que estaba, no sé, en el Gran Ballet de Moscú o algo así, el caso es que hice un salto doblando la rodilla derecha y extendiendo hacia atrás el cuello y la pierna izquierda. Volé. No fui muy consciente de la tontería hasta que el señor me sujetó muy asustado y oí a Bruno gritar: «Pero, mamááá, ¿qué haces?». Bueno, fue una ida de olla que no entiendo y que está a punto de repetirse, pero por desgracia, en chungo, porque cuando oigo «Acción», lo único que pasa por mi cabeza es el salto de Jennifer Beals en *Flashdance*. ¿Te acuerdas? Ella está haciendo la prueba de baile para entrar en el conservatorio y de repente pega un salto a cámara lenta en el que se la ve volando mientras suena la parte instrumental de *What a feeling*, y cae haciendo una voltereta perfecta de la que se levanta con una rapidez y perfección que ni Nadia Comăneci. Bien, tuve un cruce de cables de los míos. Salto y, no sé por qué, tengo asumido en un segundo que voy a hacer este salto de *Flashdance*, voy a volar y caeré en la colchoneta encogida haciendo la voltereta. Lo único cierto de esto es que volé. Volé tanto que, como en una pesadilla, vi la colchoneta debajo de mí y también vi cómo la dejaba atrás. Supongo que cogí mucho impulso. Fue muy rápido, no tuve tiempo de pensar. Encogí la cabeza tocando casi el pecho con la barbilla preparándome para la voltereta y caí tal cual. No hubo voltereta. No hubo nada. Caí en las baldosas, con la frente rebotando en el suelo y los brazos y las piernas estirados, como si me hubiera quedado fosilizada en mitad de una competición de natación o como si tiras al suelo un saco de arpillera lleno de arroz y cae tal cual. Creo que hasta haría el mismo ruido.

Aquí, más ha sido más. Mucho más. Ha sido demasiado. No me puedo mover, todo el mundo se acerca muy asustado y me levantan. Afortunadamente parece que no me he roto nada. Me aseguran que no hay que repetir y solamente puedo decir:

—Bueno, la verdad es que no me duele nada.

—Ya, espera a enfriarte y verás —dice algún hijoputa con más razón que un santo.

En la camilla, Raúl y Natalie me desmaquillan el cuerpo con mucho cuidado y unas toallitas muy suaves. Me toco la frente y me duele, creo que me está saliendo un chichón. Ay, duele mucho.

—Normal, pero si caíste con la frente. Fue impresionante —concluye Beltrán.

—Ay —digo.

—Ay —dice Natalie—, por favor, tienes todo el frontal del cuerpo rojo como si te acabaran de sacar de las calderas del infierno.

Quiero irme de aquí. Me duele todo. Bueno, si al menos el resultado es bueno, habrá merecido la pena. ¿Ves? Esta profesión es vocacional, si no no se entiende.

Cuando llego a casa el chichón ya es prominente y parezco una cría de unicornio. Jaime baja la cabeza, supongo que está avergonzado porque esto le recuerda a los cuernos que me puso. El chichón es, digamos, una metáfora de su infidelidad. Bruno, como es superdotado, saca un filete del congelador y me lo pone en la frente.

Me tumbo en el sofá muy despacio, me duelen hasta las pestañas. Menos mal que el filete en la frente no me da asco porque peor fue lo de las criadillas en la cabeza en casa de Maricarmen.

—Mamá.

—Dime, cariño.

—Tengo algo que decirte.

—A ver.

—No sé si es el momento.

Joder, sí que es listo.

—No importa, dime.

Jaime y él salen corriendo del salón y vuelven con cara de sospechosos. Bruno esconde algo con las manos tras la espalda.

—Mamá, es que cuando veníamos del cole hemos visto tirada en un portal una bolsa que se movía. Jaime no la tocó porque tenía miedo de que fuera un ratón, así que la abrí yo —listo y valiente—, y bueno, era un gatito recién nacido. Por favor, ¿puede quedarse?

Ah, no. Lo que faltaba, un gato en casa. Seguro que me da alergia y mea todo y se carga los sofás a mordiscos. A tomar por culo, ni de coña. Lo siento, a veces una madre tiene que plantarse. Hasta ahí podíamos llegar. A ver… Bruno me lo muestra.

—¡Pero, cariño! Es precioso. Y tú eres un ángel por haberle salvado la vida. —Si se quedó un okupa, ya me dirás tú por qué no puede quedarse un gatito diminuto y precioso. Aún tiene los ojitos cerrados—. Hay que ponerle nombre. Hay que ir al veterinario pero ya, que nos dé jeringuillas y leche maternizada antes de que se deshidrate. Qué hijos de puta son algunos —digo mientras me levanto, y se me cae el filete de la frente.

—No, no, ya vamos nosotros. —Gracias—. Tú mejor quédate si eso.

Mejor, porque vaya mareo que me ha dado al levantarme, he visto la alfombra como en 3D. Los dos salen escopetados, pero Bruno vuelve a entrar corriendo.

—Mamá, he pensado llamarle Chiqui, ¿vale?

Alguna vez se me escapó llamar así a Zósimo delante de él. Lo sabe. Qué superdotado es. Sonríe con el gatito precioso y diminuto en la mano. Él también echa de menos a nuestro tuno. Le devuelvo la sonrisa llena de complicidad y amor de madre.

—Chiqui es perfecto.

Y sale corriendo rumbo al veterinario.

Epílogo

Desde la mecedora del porche observo la hierba alta ondear al compás que marca el viento. Tomo un sorbo de dulce té mientras me caliento las manos arropando la taza, protegiéndola. Anochece, el fresco es agradable. Me cierro la suave chaqueta de lana, soplo la deliciosa infusión y cierro los ojos mientras el ulular del viento me transporta a unos tiempos que, ahora sé, nunca serán mejores que el presente.

Este sería el epílogo perfecto de otra persona, en otra vida y en otra dimensión, supongo. Lo cierto es que tengo mucho sueño porque alimentar a Chiqui cada tres horas con la jeringuilla tiene lo suyo y, como en esta semana que lleva con nosotros ha espabilado un montón, él mismo lo pide con unos maulliditos que no sé cómo pueden ser a la vez tan monos y suaves como jodones y persistentes. Ya abre los ojitos, ¡anda que no se los hemos limpiado con algodones mojados en manzanilla ni nada! Bueno, el caso es que tengo mucho sueño y un chichón de campeonato en mitad de la frente; es lo que tiene rebotar con ella en el suelo, que te sale un chichón muy poco estético, la verdad.

Hoy es la emisión en directo de *Bella tú, bella yo*. Solo espero que las conexiones con el balneario no fallen y que la gorra que tengo que llevar no provoque el descojone del equipo. ¿Una gorra en un plató de televisión? ¿Cuándo has visto a una presentadora en un plató con gorra? Yo te lo digo. NUNCA. En fin, les he mandado fotos del chichón tapado con el flequillo y ha dicho el director que ni de coña, que a ver si se me abre un poco y en cualquier momento sale el bulto, que si fuera como siempre, grabado, pues vale, pero que al ser directo tengo que llevar una gorra tipo *Peaky Blinders* sí o sí. Creo que estoy un poco obsesionada con esta serie. Bueno, en realidad con quien estoy obsesionada es con Tommy Shelby cada vez que se pasa el cigarrillo por los labios antes de encenderlo. Pues eso, que saldré con gorra. En fin. Cosas del directo. Que Dios nos coja confesados una vez más.

Después me voy a cenar a casa de Zósimo, que hoy recoge él a Bruno del cole y se lo lleva. Los dos tienen ganas de verse y la verdad, yo también. Se lo he contado a Jaime, no tengo por qué mentir y sentirme fatal, tendrá que aceptar que no puedo darle a un botón y cambiar mi vida de modo automático porque él esté de nuevo en ella. Todo lleva su tiempo y la verdad es que ni siquiera sé cómo cambiará, es pronto. En AA siempre dicen «Cuando no sepas qué hacer, no hagas nada», y tienen razón, porque si no sabes qué hacer y haces algo, lo más normal es que la cagues. Aquí, menos es más. Mejor dejarme llevar un poco y ver por dónde van los tiros, qué siento y qué pasa, que es muy típico eso de comerse la cabeza para tomar una decisión que cuesta y que, de repente, pase algo que te aclare todo, y ya no tienes duda de qué camino tomar. En fin, que he aprendido (un poco) a no anticipar ni querer las cosas para ayer, es un modo de no cagarla *a priori*. ¿Jaime está eufórico porque hoy Bruno y yo vamos a casa de Zósimo? Pues no, la verdad. ¿Estoy contenta de que sufra? Tampoco. De hecho, hasta tengo remordimientos, para luego darme cuenta de que no hay razón para culparme a mí misma. A ver si es verdad que el karma existe y no todo nos pasa por gilipollas.

Piiip, piiip. Un wasap. Supongo que será el coche de producción que ya está abajo. Ah, no. Es Paloma. Es un vídeo, lo abre y aparece ella. Sonríe. Tiene un papel en la mano. A ver. «Reproducir».

—Hola, guapa. Tengo aquí el alta de Antón… Mmm…, qué pone, qué pone… Ah, sí. Pone: *Traslado del paciente a la residencia Dulce Atardecer, sito en* bla, bla, bla… —Me guiña un ojo y sonríe—. Buen trabajo.

Me siento en el sofá y noto que el chichón casi no duele. Tiemblo un poco, como Chiqui cuando se despierta y pide leche. Necesito llamar a mucha gente y contarle esto, pero estoy un poco acelerada y eufórica, y Buda dice que tampoco es bueno venirse tan arriba, así que voy a esperar un poco a que me bajen las pulsaciones. Autocontrol, autocontrol de emociones y sentimientos es la clave de una existencia plácida, joder. Que el exterior no domine tus estados de ánimo, hostias ya.

¡Ayyy! Que me está sonando el móvil, tengo que bajarle el volumen, no puedo ir de taquicardia en taquicardia. Es un número desconocido, seguro que es alguien de Dulce Atardecer para darme la noticia, o Tamayo desde algún teléfono del hospital, o Maricarmen dispuesta a hacerme otro trabajito con Obatalá.

—¿Sí?
—¿Rita?
—Sí, soy yo.
—Hola, soy Pepe Taboada, director de FiSahara. Te cuento, en octubre tenemos la nueva edición del Festival Internacional de Cine del Sáhara. En realidad, es un modo de dar a conocer la situación de los refugiados saharauis, que como sabrás viven en los campamentos en el desierto argelino desde hace…

Escucho atenta. Me ha dicho que hay que viajar con lo justo, que solo son cuatro días y que, en esta situación, menos es más. Voy a ir a los campamentos de refugiados saharauis. Qué fuerte.

Tengo que ir con lo justo. Vale, hago una lista de lo imprescindible, teniendo en cuenta que por el día hará mucho calor y por la noche frío: ropa de verano a elegir, ropa de invierno a elegir. No olvidar chubasquero, sandalias, botas de goma, gorra para el sol, gorro de lluvia, crema de protección y camisetas térmicas. Saco de dormir. Tónico, contorno de ojos, crema nutritiva, hidratante y regeneradora. Desmaquillador. Maquillaje. Dos cargadores de móvil, un generador, placas solares, hornillo. Botas de escalada, mosquetones, cuerdas, arneses. Dinamita.

Un momento, puedo llevar acompañante. ¿A quién me llevo? ¿Qué hago? Ya lo sé. Tengo la compañía perfecta. Marco su número.

—Berta, nos vamos al Sáhara, a los campamentos de refugiados. Te paso la lista de cosas necesarias. Haz la maleta.

—¿Cuándo nos vamos?

—En octubre.

—Pero tía, cómo voy a hacer la maleta, que faltan cuatro meses.

—Berta, muy mal. Este es el final del libro y para terminar necesito algo que indique acción, ritmo trepidante, aventura. Un buen chimpún, no se vayan a pensar que mi vida es un coñazo, y con la mierda de respuesta que me has dado, pues ya ves tú.

—Ay, perdona. ¿Puedo repetir?

—Sí, claro.

—Vale, pues venga, dame el pie.

—Nos vamos al Sáhara. Haz la maleta.

—Ahora mismo, cuelga. Sáhara libre, chata.

—Sáhara libre, querida.

Ahora sí.

FIN

Agradecimientos

Gracias por haberte quedado conmigo hasta el final; espero que, efectivamente, haya merecido la pena. Y, más aún, la alegría.

¿Os habéis fijado en que los agradecimientos son prácticamente una sección fija en cualquier libro?

Es que escribir y publicar es un proceso tan largo y, a veces, tan sembrado de escollos que, o estás arropada por gente que te ayuda, o esta sería una tarea casi imposible.

Vamos con ello.

Si tienes esta novela en tus manos es gracias a Jéssica Gómez. Yo estaba perdida y ella, sin ni siquiera conocerme, me cogió de la mano y me llevó a la meta. Solo tuve que pedirle ayuda. Tal cual. ¿Es esto habitual? Claro que no, por eso tiene que estar aquí la primera. Por cierto, si no habéis leído *Mamá en busca del polvo perdido* y *Cómete el mundo y dime a qué sabe,* ya estáis tardando. Yo lo hice y, al acabar, pensé: «Alguien que escribe esto tiene que ser divertida, transparente y buena gente». Acerté. ¡*Merci,* señorita Gómez!

Ella me llevó a Elisa Mesa, mi editora. MI EDITORA. Jo, qué bien suena. Gracias a ti, Elisa, por estar en todo. ¿Cuántos hemisferios tienes? Desde el principio lo hizo todo rápido y fácil. Me ayudaba con sutileza y cariño para que no fueran tan evidentes mis meteduras de pata y yo no me sintiera mal por darle tanta guerra. Elisa: editora y psicóloga. Contigo todo es divertido y nada complicado. Gracias, mujer todoterreno.

A mi tía Maru por estar siempre ahí aportando ideas, corrigiéndome con cariño de mamá primeriza y haciendo que sienta que lo que yo escribo es importante.

Gracias también a Rubén, porque ya me dirás tú qué hago yo sola con un libro escrito a mano. Sí, a mano, habéis leído bien. Yo no escribo a ordenador, que se me atascan las ideas. Es él quien se encarga de pasarlo todo cada día disciplinadamente y sin que yo se lo pida, para que así no se me olvide que me alcanza, que ya está todo pasado y «Bea, tienes que escribir y darme más, que ya terminé con lo anterior». Cómo entiende mi letra, que a veces no la entiendo ni yo, es un misterio, un expediente X.

A mis amigos Jean-Paul y Santi por ofrecerse de cobayas. Ellos fueron los primeros en leer los capítulos según yo los iba terminando, y también aportaron, opinaron, sugirieron, ayudaron... Qué importante es que te sujeten fuerte la mano mientras caminas por el acantilado.

A Eloy, novio de juventud y profeta de todo esto que está pasando. Éramos casi unos críos cuando me dijo «Tú vas a ser escritora». No sabes la de veces que me acuerdo de ti y de tus profecías. Pues sí, aquí estoy. Gracias, visionario. Este destino no se podía eludir (ni yo quería).

Punto y aparte: agradecimiento absoluto para Antonio y Julia. Sí, son reales, aunque sus nombres son otros que, por cierto, suenan muy parecidos. Ellos, su historia, su sobrina... son totalmente reales. Incluso mi espía de la tercera edad y el director de la residencia. Los diálogos los he transcrito lo más fielmente que los recuerdo y creo que los recuerdo con exactitud meridiana, quizá porque hay cosas que se te quedan grabadas a fuego. Lo último que supe de ellos antes de contaros su historia fue que estaban juntos en una residencia de Guadalajara, es decir, lo único que cambia es que a él no le trasladaron a la residencia de Julia, tal y como sucede en la novela, sino que le dieron el alta y los llevaron a Guadalajara. Juntos. Eso es lo que importa. ¿Qué más les dará a ellos dónde estén, mientras estén juntos? Su historia merecía ser contada como homenaje a ellos y como aprendizaje para todos nosotros.

Están juntos. Lo conseguí. Mi vida tiene ya sentido totalmente.

Justa, la señora que canta la canción de las piedrecitas del río, una de las primeras mujeres españolas en trabajar en una mina, también es real. Y me cogió la mano igual que se la cogió a Rita y también me cantó la canción.

El señor triste que se desmorona fuera de la habitación de su madre también existe e igualmente he contado lo que sucedió lo más fielmente que recuerdo.

Y Ernesto Mesa, sus revistas de mecánica y su hija llorando mientras Rita se acerca a la cama de ese cuerpo inerte («una funda»)... Todo sucedió tal y como lo cuento, no he quitado ni añadido nada. Y yo estaba ahí, qué afortunada soy.

Todo esto es la prueba de que la realidad supera a la ficción o, al menos, la iguala, porque basta con recordar y escribir para darse cuenta de que la vida es siempre la novela más potente y conmovedora. Vida en vena.

Gracias a todos ellos. Gracias por darme ese pedacito de sus vidas, por sus lecciones acerca de la fortaleza, el amor, la resiliencia, la bondad, la dignidad, la vulnerabilidad, la aceptación... Uf, demasiadas cosas.

Gracias por haberme regalado una parte importantísima de lo que escribo y necesito contar.

¿Sin ellos existiría esta novela? Pues probablemente sí, pero no valdría ni la mitad.

Gracias también a Aquaman, pero el de Jason Momoa, no a los otros, por ser la motivación necesaria en momentos de tristeza, dudas o síndrome premenstrual.

A Marco, MI HIJO. Así, con mayúsculas. Porque tú eres y dices, yo estoy y escribo. Todo de ti, por ti y para ti.

A vosotros. Sabéis que estáis cumpliendo mi sueño, ¿no? Cumplir los sueños de los demás ya nos hace pintar algo muy gordo en el mundo, te lo digo yo que lucho cada día por ser cumplidora de sueños y recibidora de sueños cumplidos. Yo me entiendo...

Gracias a la vida
que me ha dado tanto...

www.ingramcontent.com/pod-product-compliance
Lightning Source LLC
LaVergne TN
LVHW041659070526
838199LV00045B/1120